JN169845

COLECCIÓN
BOLAÑO
白水社

ボラーニョ・コレクション

ムッシュー・パン

MONSIEUR PAIN

ロベルト・ボラーニョ
Roberto Bolaño

松本健二 訳

ムッシュー・パン

MONSIEUR PAIN

Japanese edition published by arrangement through The Sakai Agency

カロリーナ・ロペスに

P　死ぬのを思うと辛いかね？

V　（すぐさま）いえ……いいえ！

P　そんなことを考えるのは不愉快かな？

V　目覚めていれば死にたくもなるでしょうが、今はそんなことはどうでもいいです。催眠術にかかった状態は、嬉しくなるほど死に似ています。

P　君自身のことを詳しく説明してくれるかね、ヴァンカーク君。

V　できればそうしたいところですが、それには私が自分でできると思っている以上の努力が要ります。あなたの尋ね方が間違っているのです。

P　ではどのような質問をすべきかね？

V　最初から始めるべきです。

P　最初からだって！　だがその最初とはどこかね？

エドガー・アラン・ポー「催眠術の啓示」

ムッシュー・パン　目次

装丁　緒方修一

作者による覚書

何年も前の一九八一年か八二年、僕は『ムッシュー・パン』を書いた。この作品が辿った運命は紆余曲折で波乱に満ちている。『象の道』という題でトレド市役所が主催するフェリクス・ウラバジェン中篇小説賞を取った。その直前には別の地方の文学賞に別の題で入賞している。トレドの賞では三十万ペセタをもらった。その前の賞では覚えているかぎり十二万ペセタをもらった。トレドでは作品を本にしてもらい、翌年の選考委員をやらされた。もうひとつの州都では、こちらが彼らを忘れるより先に忘れられ、本が出版されたかどうかも分からずじまいだった。こうしたことはすべて『通話』のある短篇で語っている。時という善良なるユーモア作家は、その後いくつかの重要な賞を僕に取らせてくれた。しかしそのうちのひとつとして、これらスペイン各地に散らばっていた賞、インディアンが命がけで狩るバッファローのようなこれらの賞ほど大切なものではなかった。あのときほど、作家として自分を誇らしく、また憐れに思ったことはない。『ムッシュー・パン』について僕が言えるのはこれくらいだ。ここで語られている出来事はほぼすべて、どれも現実に起きている。バジェホのしゃっくり、ピエール・キュリーを轢き殺した――馬が曳く――荷車、メスメリスムのある種の側面と密接に関係していた彼の最後の研究、あるいは最後の研究のうちのひとつ、バジェホをろくに治療もしなかった医者たち。パンという人物も実在する。ジョルジェットがその激しく恨みがましい無防備な回想録のあるページで、彼に触れている。

ムッシュー・パン

一九三八年、パリ

四月六日水曜日の夕方、部屋を出ようとしていたとき、年下の友人マダム・レノーから電報が届いた。至急会いたし、今夜リヴォリ通りのカフェ・ボルドーで。我が家からそう遠くもなく、急げば待ち合わせ時間にも遅れずに着けそうだった。

私が巻き込まれた物語の特異さを告げる最初の兆候は、階段を下り、三階付近で二人の男とすれ違ったときに早くも現われた。彼らはスペイン語という私の分からない言葉を話し、黒っぽいコートを着て、つば広の帽子をかぶっていたが、眼下にいたので顔はよく見えなかった。いつものように薄暗い階段のせいで、また私の静かな歩き方のせいもあって、ほんの三段ほどの距離で向かい合うまで、二人は私に気づきもしなかった。彼らはそこで初めて話すのをやめ、脇にどけて私を下へ通すかかわりに（その階段は二人並んでは通れたが三人は無理だった）、その見せかけの永遠のような何かに固定されてしまったような束の間（私が彼らのほんの数段上にいたことを強調しておくべきだろう）、互いに見つめ合い、それからとてつもなくゆっくりと私に視線を向けた。警察だな、と思った。狩人と暗い森の記憶を受け継ぐそんな目をするのは彼らだけだ。その後、二人がスペイン語を話していたことを思い出した。それなら警察のはずはない、少なくともフランス警察ではない。道に迷った外国人みたいに片言で話しかけてくるかと思ったが、そうするかわりに、私の正面にいた男が考えうるかぎり最悪の方向に体をずらし、仲間の肩をどんと押して、二人とも見るからに立ちにくい恰好で片側に身を寄せたので、私は返事の来ない短かい挨拶をして、そのまま彼らの横を通り過ぎた。踊り場まで来たところで、好奇心から振り返って彼らの様子を見た。二人はまだそこに、上の踊り場の灯りにぼんやり照らし出されたその同じ段にいて、実に驚いたことに、私を通そうとくっつき合った姿勢のままでいた。まるで時間が止まったみたいだ、と思った。表の通りに出ると、雨がその出来事を忘れさせた。

マダム・レノーは、レストランの奥の壁際の席でいつものように背筋を伸ばして座っていた。そわそわしていたようだったが、私を見ると安堵した表情を見せた。まるで、そうやってふいに表情を緩ませるのが、私を見つけたこと、私を待ちわびていたことを示すのにふさわしいやり方であるかのように。

「友だちの夫に会ってもらいたいの」私が彼女の正面の席に、レストラン全体をほぼ見渡せる巨大な鏡張りの壁に向き合って座るやいなや、マダム・レノーは言った。

いかなるねじれた類推によるものか、私は、少し前に亡くなった彼女の若い夫の顔を思い出した。

「ピエール」彼女は一語一語を強調しながら繰り返した。「わたしの友だちの夫に、専門家として今すぐ会ってもらいたいの」

私はまずミント・リキュールを注文してから彼女にこう尋ねたと思う。いったいどんな病気を患っているのだろうか、その……

「バジェホ」とマダム・レノーは言い、同じく簡潔に付け加えた。「しゃっくりよ」

亡きムッシュー・レノーと思しき顔などというまるで脈絡のないイメージがなぜ、私たちのひとつかふたつ隣の席で酒を飲んだりおしゃべりしている客たちの体にかぶさってきたのかは分からない。

「しゃっくり?」私は哀れな微笑みにせいぜい威厳を持たせつつ尋ねた。

「危篤なの」と私の話し相手は勢い込んで言った。「誰にも原因が分からなくて。からかっているんじゃないのよ、あなたに命を救ってもらわなくては」

「でも」彼女が大窓の向こうのリヴォリ通りを行き交う通行人を落ち着きなく見つめるあいだ、私は呟いた。「でも、もっとはっきり説明してくれないことには……」

「わたしはお医者さんじゃないのよ、ピエール、こういうことは何も分からないの、あなたもよく知っているでしょう、それでみじめな思いをしてきたって、ずっと看護婦になりたかったのに」彼女の青い目が怒りできらめいた。実際のところ、マダム・レノーは高等教育を受けていなかったが（事実いかなる種類の教育も受けていなかった）、そのことは彼女を鋭い知性の持ち主とみなす障害にはならなかった。

マダム・レノーはかすかに顔をゆがめ、睫毛を伏せて、暗記してきた文章を朗読するような調子でこう続けた。

「ムッシュー・バジェホは三月末から入院している。お医者さんにもまだどこが悪いのか分からないんだけど、確かなのは彼が死にかけているってこと。昨日からしゃっくりが始まって……」彼女は一瞬話を止めて、誰かを探そうとするかのように店内の客を見回した。「つまり、昨日からしゃっくりが止まらなくなってしまって、誰も彼を助けられずにいるの。知ってのとおり、しゃっくりで人が死ぬことだってある。追い打ちをかけるかのように四十度以上の熱が続いているのよ。マダム・バジェホとは何年も前から知り合いで、それで今朝電話をもらって。彼女はひとりぼっちなの。夫の友だち以外には誰も頼れる人がいなくて、そのほとんど全員が南米出身者なんですって。彼女の説明を聞いて、あなたのことを思いついたのよ、もちろん彼女にはまだ何も約束していませんけど」

「頼りにしてくれて光栄だ」私はどうにかため息をついた。

「あなたを信頼しているのよ」と彼女はすぐに答えた。

信頼は愛情を抱くにあたっての第一条件だ、と私は考えた。彼女はか弱く見えた。目は乾いていて（当たり前の話だ）、私の上着の肩パッドをじっくり観察しているようだった。

「お医者さんにできないことでも、あなたの鍼治療ならできるでしょ」

彼女に手を重ねられて、私はかすかにぞっとした。一瞬、マダム・レノーの指が透き通って見えた。

「わたしを信じて、友だちの夫を治せるのはあなただけなの。でも急がなくては、あなたさえよければ、明日にでもバジェホに会ってもらわないと」

「どうして断るって言うんだい、当然だろう」私は彼女の顔を見ないようにして言った。

マダム・レノーの叫び声に、近くに座っていた客の何人かがこちらを見た。

「そう言ってくれると思った！　ああ、ピエール、あなたを信じていいのね、心から頼りにしているのよ！」

「まずは何をすべきかな？」と彼女の言葉を遮りながら、私は鏡のなかの赤らんだ、おそらく嬉しそうな自分の顔と、レジのそばで会計を済ませるか秘密の打ち明け話をするかのような、背が高く痩せた、やつれた顔の黒ずくめの男二人を相手に話し込んでいるウェイターの姿を見つめた。

「どうかしら、それについてはジョルジェット、マダム・バジェホと相談してみないと」とマダム・

レノーはきっぱり言った。「明日の朝一番に会う約束をとりつけるわね」

「それがよさそうだ。君の友だちの夫の病状について早く知っておくに越したことはない」と私は断言した。

ウェイターと黒ずくめの二人組が振り返って私たちを見た。その極端に青白い顔の見知らぬ二人組は、頷くかのようにそろって頭を傾けた。奇妙な感覚に襲われた。憐みというものが形をとって現われることがあるとすれば、その瞬間、二人はそれであるかのように見えたのだ。マダム・レノーは二人と知り合いなのだろうかと考えた。

「連中はこっちを見ている」

「連中って?」

「あそこだ、レジのそば、まっすぐ見ちゃだめだ、二人の黒ずくめの男がいる。なんだか二人の天使みたいに見えないかい?」

「お願いだから馬鹿なこと言わないで、天使は若くてピンク色の肌をしているの。あの憐れな人たちはさっき牢屋から出てきたみたいだわ」

「それか地下室から」

「ただの疲れた勤め人かもしれないけれど、病気なんじゃないかしら」

「たしかに。君の知り合いかい?」

「まさか、もちろん知らないわ」マダム・レノーは私のネクタイピンをじっと見つめながら答えた。

彼女が縮んでしまったように見えた。

私の努力もむなしく、マダム・レノーの夫は六か月前に二十四歳で亡くなっていた。そのちょうど一週間前、マダム・レノーは、共通の友人である老ムッシュー・リヴェットからの短い紹介状を携えて私の家にやってきたのだが、最初の瞬間から、私に打つ手などもはやないことは分かっていた。医者たちはずいぶん前にムッシュー・レノーを見限っていて、ただマダム・レノーの若さゆえの必死さだけが夫の回復に対する希望をつなぎ留めていたのは明らかだった。私のやり方に反することではあったし、徒労感もあったことは認めねばならないが、私は彼女の依頼に応じた。その日のうちにサルペトリエール病院で死の床についているムッシュー・レノーのもとを訪ねた。そこで私は昔から何人かの医師と懇意にしていて、ときおりさまざまな診療の機会に鍼治療の基礎知識を活かして彼らに手を貸したこともある。

ムッシュー・レノーは浅黒い肌に濃い緑の目という、いわゆる南方系の男性で、実に巧みに自らの健康状態に気づかないふりをしていた。彼が魅力的で感じのいい人物であることは私にも分かった。

ハンサムで不器用で、そばにいてものの五分もすれば、妻が彼に抱く愛情の深さを理解することができた。

「僕が回復すると信じているなら、みんなは頭がどうかしているね」二日目の夜、ムッシュー・レノーの気晴らしにと思い、また互いの親密な領域をつくりたいと思ったのかもしれないが、私がどうでもいい自分の日常生活の些事を語ったあとで彼はそう打ち明けた。

「まさか」私は微笑んだ。

「君は分かっていないのさ、パン」私のほうをわずかに向いた彼の顔はまぶしく輝き、その目は私には見えない何かを探していた。

私は彼が死ぬまでそばに付き添った。

「気に病む必要はありませんよ、助からないことはみんな分かっていましたから」彼が息を引き取った夜、ドゥラン医師に慰められた。

それ以来、私はマダム・レノーと十五日か二十日おきに会うようになった。友情だったのか？　分からない。おそらくそれ以上の何かではあったが、私たちのデートは、感情や政治に関する意見を決して交えない会話、少なくとも彼女の意見は決して交えない会話に彩られた散歩に限られていた。そこで話すのはほとんどいつも私であり、その話題はといえば、私としてはしばしばではあったが、すでにだいぶ遠ざかってしまった自分の青春時代や、私の戦ったあの大戦、神秘学への興味、二人が共有する猫への愛情などを思いつく程度だった。たしかに、いつも私から言い出して一緒に映画を観に行ったり、街中で見つけたレストランに潜り込んだりしたこともあるが、そこでもたいてい無言で座っていた。互いにとって居心地のよい沈黙。彼女がしばしば聞かせてくれた亡き夫についての無害な打ち明け話を除けば、心の底で思っていることや感情的な話題を持ち出すことはまったくなかった。最後に、私たちは互いの住所を知っていたものの、そこを訪問し合うことは一度もなかった（マダム・レノーがムッシュー・リヴェットの紹介状を携えて初めて私の家を訪れたときを除く）。

家に帰る道すがら、私はムッシュー・レノーのあの熱っぽい顔を頭のなかでふたたびうっとりと描き始め、同時に、まだ会ってもいないムッシュー・バジェホのしゃっくりについて考え込んでいた。反復するイメージ、と考えた。ここ数か月というもの、私は病や美さえもムッシュー・レノーの思い出と結びつけずにはいられなくなっていた。時刻は夜の十二時近くで、その夜、私はマダム・レノーと別れたあと、メスメリスムの研究に大半の時間を費やしている旧知の元仕立屋とパシー通りのカフェで過ごしていた。雨はやんでいた。我々と患者をつなぐ橋渡しになってくれる人たちは、ある意味で、患者の最も深い精神状態を伝えてくれる、と私は考えた。一種のレントゲン写真のような仲介役なのだ。理屈としてはたしかに突飛で、私も心の底では信じていなかった。マダム・レノーは、私がようやく誰かを治療するところを見届けたいという彼女自身の欲望、その病的な欲望以外、私の未来の患者について何を明かしてくれた？　私への信頼の根拠を得たいという彼女のもっともな欲望のほかに、どんな意味があるのか？　私は彼女の夫を救うことができなかったが、それこそが私が彼女の人生に現われたときの私の役割、私の使命だった以上、今度は彼女の友だちの夫を救わねばならず、そしてこの行為をもってひとつの現実の証、今までどおりの二人でいられるような論理的で高等な秩序の証を立てねばならない。おそらく最後には互いを認め合い、そうして認め合ったあとは変化を遂げ、私の場合は幸せを望むこともできるだろう（勤勉さや信頼にも似た、理にかなった幸せ）。それでも何かしっくり来ないもの、マダム・レノーの沈黙や、なぜかは分からないが殺気立つ私自身の感覚器官から感じ取れる何かがあった。最も些細なことの背後にとてつもない不安が潜んでいた。私は危険を察知していたのだと思うが、それがどんな性質なのかは分かっていなかった。

突然、私の恐怖を裏付けるかのように、いつもならその時間帯は人気のない通りを曲がったところで、近づいてくる足音が聞こえた。もう数メートルほど歩いたあとで、私はびくっとして立ち止まった。誰かにつけられている。兵士が自分の片足に壊疽を起こしていると知ったときのような、確信と驚愕が混じり合った気持ちだった。そんなことがありうるのか？

おそるおそる肩越しに振り返った。二十メートルほど離れたところを、つばの広いやたらと大きな帽子をかぶり、シャム双生児のようにぴたりと寄り添った二人の男が私の後ろを歩いていて、街灯に照らされたその黒い影が反対側の歩道までくっきりと映っていた。

歩いている間も彼らが私から決して目をそらさないことに気がついた。体が痛くなるほど見つめられているのを感じた。私という人間を変質させるほどの痛みだった。アパートまでの道を飛ぶようにして帰った。彼らが走り出す音が聞こえた記憶はないから、きっと私の急な反応についていけなかったのだと思う。建物の敷居をまたぎ、やっと玄関ホールのドアを閉めたとき、汗びっしょりになっていることに気がついた。ドアにもたれて考えた。汗をかくのは間違いなく健康な印である。そのあと深く恥じ入った。きっと走ってしまったに違いない、と私は思った。当然ながら、あの男たちは私が逃げたと思ったに違いない、等々。自己嫌悪しかもたらさないこうした自責の念に終止符を打った瞬間、五階までの急な階段を上ろうと息を整えていたそのとき、入口のほうのちょうど私の耳とほぼ同じ高さで、二人の人間がスペイン語で何かまくし立てている声が聞こえた。

灯りをつけずに、できるだけ音を立てないようにして階段を上り、部屋に入って鍵をかけた。コンロの火を点け、紅茶を淹れたあとベッドに横になり、昨日と今日のあいだに起きたいくつかの新しい要素は私の日常を一変させるだろう、とひとりごちた。動き、と思った。円は最も思いがけない場所で破れる。しゃっくりで死にかけている患者がいる。二人のスペイン人（そしてスペイン人でないなら南米出身の私の患者）は明らかに私を尾行している。マダム・レノーはカフェ・ボルドーでこちらを見張っていた二人の背の高い紳士を見て動揺していた。例のスペイン人二人組とは別人だったが、マダム・レノーは連中を知っていたか、彼らが何者であるかに気づいて怯えていたように見えた。四月だ、と思った。新たな生のサイクルだ。私はいつの間にか眠りに落ちていた。

頭痛がして遅い時間に目を覚ました。誰かがドアを叩いていた。隣の部屋に間借りしているマダム・グルネルで、青い封筒と普通紙の白い封筒をつまんで立っていた。彼女は私を見て叫びそうになるのをこらえた。

「ムッシュー・パン、驚かせちゃいやですよ」

「ただドアを開けただけですよ」と私は言った。実のところ、決して乱暴に開けたわけではなかったし、むしろ過剰なほどにそっと、いわばしかたなくドアを開けたようなものだ。だからマダム・グルネルは驚いたのか！

「もうお昼ですよ」彼女は首を伸ばし、部屋のなかに私の夜のお相手がいないか無駄に探りながら言った。

私は自尊心からドアを少し閉め、それは私宛ての手紙かと尋ねた。

「もちろん」と彼女は言った。「わたしには手紙なんか来ませんからね、来たとしても田舎にいる姉か亡くなった夫の妹から。でもパリ市内から来ることはありませんよ」

マダム・グルネルは挑むように微笑み、二重顎が私の胸の高さまで持ち上がった。私も思いやりのある微笑みを浮かべようとした。

「直接持ってきたんですよ。こっちは」と言って彼女は白い封筒を振った。「二人の外国人から、スペイン人かイタリア人。それとこっちは」彼女は青い封筒でくるくると宙に小さな螺旋を描き、なにやら含みのある目くばせをしてみせた。「使いの男の子から。でも香りつき。これって香水でしょ?」

私は無表情のまま、無関心を装いつつ、ガウンのポケットに両手を突っ込んでひと気のない寒々とした廊下をぼんやり見つめていた。

「その外国の紳士たちに会いましたか?」

「ええ、使いの男の子とも話しましたよ、アルビから越してきたばかりの可哀想な子でね、都会は見るのも初めてなんですって」

「スペイン人たちとは話しました?」

「スペイン人なんですか?」

「だと思います」と私は大した確証もなく言った。「彼らと話しましたか?」

「少しだけ。かなり長いことドアを叩いていたんですよ、朝の九時頃だったはず。あなた相当ぐっすり眠り込んでいたみたいですね、ムッシュー・パン」

「彼らは何か言っていましたか、マダム・グルネル?」

「特に何も。あなたはここに住んでいるのかと訊かれたから、ええ、もちろん、でもきっと今夜はよそで過ごしているはずと答えたんですよ、まさか中で寝ているなんて思いもしませんからね。そのあと、あなたはよく外泊するのかと訊かれたから、そんなことはわたしの知ったことじゃありませんと答えたんですけど、あなたは夜遊びするような人じゃない、研究に没頭しているし、一晩中帰ってこないことはほとんどないって請け合っておきましたよ。あの人たち、わたしの言っていることが分からなかったか、どう答えていいか分からなかったみたい。とにかく、あなたの部屋から何か物音でも聞こえないか期待するように黙り込んでしまって、そのあと一人がメモを書いて、それを封筒に入れてわたしに渡したんですよ、封がしてあってね、ほら。これを至急あなたに渡してもらう必要があると言って、その言葉を何度も繰り返していましたよ。面倒くさい男だったわねえ。はいはい、分かりましたよ、ちゃんと理解しましたから、ご心配なく、って言ってやりました。もう一人はまだドアに耳を当てていましたよ、きっとあきらめきれなかったのね」

私は感謝の言葉をもごもご呟くと、彼女の手から手紙を奪い取ってドアを閉めた。そのとき、廊下を遠ざかっていくマダム・グルネルの足音を聞きながら、夜のあいだ、なんとなくではあるが直観的に味方だと思わせる誰かに、そっと、だが否応もなく無理やり口を塞がれる夢を見たことを思い出した。目が覚めると自分の口に手を押し当てていた。自分で自分を窒息死させようとした？　自分で自分を無理やり黙らせようとした？

ベッドの縁に腰かけて白い封筒を開けてみた。「ムッシュー・ピエール・パン、二十二時にカルチエ・ラタンのカフェ・ヴィクトルまで来られたし。極度の重大案件なり。怠るべからず」。当然ながら署名はなし。青い封筒はマダム・レノーからで、こう書いてあった。「親愛なる友へ。マダム・バジェホと話しました。今日の午後四時にカフェ・ボルドーで会ってくれるそうです。ムッシュー・バジェホの容態は変わらず、しゃっくりが続き、熱も下がりません。マダム・バジェホは、ご主人の主治医とあなたのあいだに問題が起こるとは思わないそうです。わたしも同じ意見です。ではのちほど。マルセル・レノー」。

タクシーのかすかに曇ったウィンドウ越しに診療所の建物の正面が見えた。何にも増して、狂気にすらも増して、そこには孤独があることを私は理解した。それは孤独のおそらく最も緻密な形、少なくとも最も輝かしい形なのかもしれない。

四月七日午後七時、マダム・バジェホとマダム・レノーと私はアラゴ診療所に着いたところだった。道中、私はほとんど口を開かなかった。ご婦人方には話すべきことが山ほどあるようだったし、それに私の思考は霧の中をさまよっていて、あまり話したい気分ではなかった。

「心ここにあらずのようね」マダム・バジェホが向こう側で受付の看護婦と何か言葉を交わしているあいだ、マダム・レノーが言った。

「そんなことはありませんよ」私は微笑んだ。

それから私たちはマダム・バジェホのあとに続いて、金属的な青白い光の下、ところどころに黒の四角い模様が散る白とグレーの床の廊下を奥へと進んだ。

「現代美術の画廊みたいね」とマダム・レノーが呟くのが聞こえた。

「実はここの廊下は円を描いているんです」と私は言った。「このまま進んでいけば、いつの間にか最上階に着いていますよ」

「ピサの斜塔のように」マダム・バジェホが虚ろな声で言った。

あまりいい喩えには思えなかったが、反論するつもりもなかった。

マダム・レノーは顔を奇妙に歪めて微笑んだ。診療所に漂う空気が彼女の心を沈ませ、何かを待ち受けるような深刻な表情になっていた。

「どこも真っ白なのね」と彼女は言った。

「自然じゃないのよ」マダム・バジェホが彼女の腕をとって急かしながら言った。

私は二人のあとに続いた。

女友だち二人は早足になっていたが、足取りはおぼつかなかった。後ろから見ていると、靴のヒールがとれかけているような印象を受けた。すべては神経過敏になっているせいだと思った。同様に、妙ではあるが、知らない人が初めて見れば電気系統がどこにあるかも分からない廊下の隅々までを均一に照らし出すという意味では実に理にかなった照明が、明滅しがちになっていることにも気がついた。ほんのかすかにではあるが、一定の間をおいて光が弱まるのだ。

突然、廊下の真ん中で白衣の男性と出くわした。長いこと歩いてきて初めて見かけた人物で、深い思索にふけっているようだった。私たちが近づくと、目を上げて、嘲るように唇を曲げてこちらをじろじろ眺め、腕を組んだ。冷酷な人物であるという印象を受けた。というか少なくともそのときはそう思った。表情から察するに、私たちの闖入を明らかに不快に感じていた。マダム・バジェホは、その男との避けがたい接触をできるだけ先延ばしにしたいのか、見るからに歩みを遅くしていた。互いを知っているのは明らかで、彼女がその男を恐れていることも明らかだった。だがなぜ？

私たちは形式的に紹介された。

「こちらはルジャール先生、夫の主治医です」

ルジャールはただ頷いただけで、私の訪問の理由を説明されたときですら一言も発しなかった。彼はこれ見よがしでやや気取った態度をとり、もっぱらマダム・レノーに関心を向けていた。

私は沈黙を保ち、マダム・バジェホが行なわれなかったかおそらく紛失された尿検査について何か言い、それに対してルジャール医師がただ肩をすくめているあいだ、医師の痩せこけた顔を観察していた。そのあと、自分の話す機会が来たと思ったとき、私は医師に直接、わざとらしい無邪気さを装って、ムッシュー・バジェホを苦しめている病気は何だとお考えかと尋ねてみた。きっぱりした答えがバリトンの声に乗って返ってきた。

「私がその質問に答える義務はない。マダム・バジェホに訊きたまえ、経過をよくご存じだ、私と違ってね。私はそもそもペテン師と話す暇などない」

「いったい何を……」マダム・バジェホが口ごもった。

マダム・レノーが彼女の腕をつかんだ。

「ジョルジェット……」

ルジャールは女たちを無視して私を見つめ、先ほど私に投げつけた言葉を消化する時間を与えるかのように微笑んだ。私の横ではマダム・バジェホが顔を見るからに紅潮させていて、顎はわなわなと震え、今にも医師に平手打ちを食らわせそうな勢いだった。私はただため息をつき、大して気にしていないという表情を見せようと無駄な努力をしながら、自分の足元を見つめた。

ルジャールがその嘲るような笑みにお似合いのうわべの挨拶をして立ち去ったとき、私たちはきっと奇妙な一枚の絵を形成していたことだろう。廊下で石のように固まり、誰も何も言わず、一言も、沈黙を破るありふれた言葉すら口にできず、まるでルジャールが今すぐその同じ場所に現われて謝ってくれるのを期待するかのように、もはや誰もいないその空間に顔を向けていた。まず間違いなく言えるのは、二人の女性が受けた屈辱は私よりもずっと大きかったということだ。医師の態度はたしかに辛辣ではあったが、私にとってなじみのないものではなかった。

私は二人から目を逸らし——そうしてもらいたがっていることに気づいたからだ——咳払いを何度かして、そしてみんなでふたたび歩を進めようとしたそのとき、出し抜けに、私たちが反応する間もなく、最初は雪だるまのように、やがて洪水のように、廊下の反対側の奥から白衣を着た小さな集団がこちらへ向かってきた。

私たちのいた場所まで来ると、濡れた目をした巻き毛の男が前に進み出て、マダム・バジェホの腕をとり大声で言った。

「かの偉大なるルミエール先生がお見えです」

男の言葉は教会の中にいるかのように響き渡った。照明がふたたび弱まり、私は思わず総毛立った。男は自分の決まり文句をただ発したにすぎなかった。

男の言葉を裏付けるように、集団の中心にいた太った小男が左右を見渡して微笑み、片手を挙げて静粛を求めてから、その手を大儀そうに前へ伸ばして、バジェホ夫人の手袋をはめた手を握った。

「どうぞよろしく。たった今、ご主人を診察しておりました。臓器は新品同様です！　あの方のどこが悪いのか分かりませんな。ちょっとよろしいですか？」

マダム・バジェホはルミエール医師に肘をつかまれて、円を描く廊下の見えにくいドアがある奥までついていった。私のいた場所からは二人の姿が縮まって子供のように見えた。衝立代わりの二重扉と同じように白いルミエール医師の頭髪が小刻みに激しく揺れ、何かを肯定したり、否定したり、尋ねたりしていた。マダム・バジェホの頭はたった一度動いただけで、わずかに振り向いて私たちの姿をむなしく探し、まるでさよならを告げているように見えた。

「帰ったほうがよさそうね」マダム・レノーが囁いた。

ルミエールに同行していた医師たちは、疲れて生気を欠いた希望のない目で私たちを見つめた。なんだか自分が透明人間になったような気がした。背が高く見栄えのいい青年が、賢そうな顔をした浅黒い小太りの女の子の耳元で何か囁いていた。別の男性医師はノートを手にして天井を見つめていた。後ろにはポケットに手を入れ、落ち着いた様子で黙って立つ男が三人いて、その左側には金髪の青年が一人、片手に火の消えた煙草を持ち、もう片方の掌を凝視して時間を潰していた。金髪の青年の後ろでは、先ほどルミエール医師を紹介した人物で診療所の事務職員の一人らしき男が、背表紙にひびの入った巨大な本を少なくとも四冊は胸に抱えた髭もじゃで禿げ頭の男のお喋りを、ほとんど鼻と鼻をつき合わせるようにして聞いていた。

集団のうちの二人、他からひときわ離れてほとんど廊下の反対側の壁際にいた二人に見覚えがあるような気がした。二人とも首から聴診器をぶら下げていた。

「でもムッシュー・バジェホに会わねば」私は小声で反論した。

出てきた声はほぼ完全に消え失せていた。口にしたのか思っただけなのか、自分でも分からなかった。

「今はだめ、わたしについてきてちょうだい、わけは外で説明するから」

マダム・レノーの青い目は生気を失っているように見えた。白さのせいだ、と私は思った。この人工的な灯りのせいなのだと。

彼女のあとについていこうとしたとき、集団の内部のかすかな亀裂のようなものに気づいた。ついさっき見覚えがあると思った医者二人の顔に警戒の色が浮かんだ。その推測を裏付ける反応を期待して彼らに向かって微笑みかけたが、そこに浮かんだ無感動な表情は他の連中となんら変わりなかった。私はマダム・レノーのあとについて歩いていった。彼女が私よりも速足だったこと、逆に私の足が一歩踏み出すごとに鉛のように重くなったのを覚えている。ついに私は足を止めた。画廊にいるような感覚が私の血管のなかを巡り、やがて体が動かなくなった。マダム・レノーはなおも歩き続けた。今来たほうを振り返ると、マダム・バジェホが手袋を脱いで、自分の爪とルミエール医師の顔をかわるがわる見つめていた。二人の女性のちょうど真ん中に突っ立っていた私の姿は、さぞかし困惑気味で間抜けに見えたろうが、誰も私のことなど気に留めていなかった。その瞬間、廊下の灯りが示し合わせたように明滅した。今度こそ停電になるだろうと私は思った。マダム・レノーの影が壁にぶつかったように見えた。もう一度振り返ってみると、何人かの医師が、こんな現象は珍しくもなんともないとでもいうように、物憂げな顔で天井を見上げていた。電気系統が安定したのか、灯りはさっきよりいっそう弱々しくなった。廊下はセピア色を帯び、人影はぼんやりと細長くなった。マダム・レノーは、たぶん私の名前だと思うが、何か聞き取れない言葉を発したあとのように口を半開きにしたまま、廊下の先で私を待っていた。最後にもう一度医師たちの集団を振り返った。見覚えがあると思った例の二人はまだそこにいて、他から少し浮いている様子は外国人留学生のようだ、と私は思った。

「外国人」という言葉が手がかりになり、その瞬間、私は二人が何者か、そして彼らをどこで見たかを思い出し、驚いた顔をしている若い友人のところに慌てて駆け寄った。

「ムッシュー・パン、ここが病院だということをお忘れなく」と彼女にたしなめられた。

外では雨が降り出していた。かろうじて見える霧雨だったが、それが夜の孤独をいっそう募らせた。マダム・レノーはもちろん傘を持参していた。通りは無人で、人々は家に閉じこもることに決めたかのようだった。私は以下のことに気づかずにはいられなかった。つまり街の灯りがすべて街灯によるものだということ。すると、人々は灯りの消えた家に閉じこもっているわけか？　私たちは腕を組んで歩道を歩いた。突然、どういうわけか、何もかもが完璧に思えた。マダム・レノーの横顔、傘にぽつぽつと降りかかる雨の音、ささやかではあるが二人で一緒に冒険をしているという感覚。

「ルミエール先生は高名なお医者さまなの、少なくともマダム・バジェホから昨日聞いた話ではね。たまたまなんだけれど、つい昨日、マダム・バジェホは、アラゴ診療所で一番の先生に夫に興味を持ってもらうことはかなり難しい、実際のところ不可能だって言っていたのよ。きっと誰かがムッシュー・バジェホのために口を利いてくれたんでしょうね、その多忙を極めるルミエール先生がついに彼を診てくれることになった。なんだか不思議な偶然だと思わない？　でもマダム・バジェホにとってはそれこそ最高の知らせなのよ。だから、ほら、わたしたちがいたらまずいというわけ」

「ルミエールは私などが自分の患者の部屋にいるのに我慢がならないと君は言いたいのか？」私は抗議した。「医者とまじない師は相性が悪いとでも」

「わたしはそんなこと言ってないわ、ムッシュー・パン。それに、あなたはまじない師じゃないでしょ」

「そういう扱いを受けたばかりだ、もう忘れたのかい？」

「ルジャールのこと？　あのことで怒っているの？」

「そうじゃない……」

「だったらそんな顔はよしてちょうだい。あと足元に気をつけてね、水たまりを踏んでいたわよ」

実際、私は幸せだった。雨、夜、マダム・レノーの小言。そんな実に単純なことで、幸せは訪れる。

「で、ルジャール医師はこの件でどんな役割を？」

「ルジャールは今もムッシュー・バジェホの主治医よ。ルミエール先生はよくて助言役といったところかしら、それでもかなりましなほうだけど」

「私の見たところ、ルジャールはマダム・バジェホとそりが合わないようだが」

「わたしの知るかぎり、ムッシュー・バジェホ本人ともね」

「だったらどうして担当医を変えない？」

「それはね、あなた、二人の手に負える問題じゃないのよ。ひとつ教えてあげる。ルジャールはもう四日もムッシュー・バジェホを診ていないの。どういうことか分かる？」

「ひどい話だ」

「問題はバジェホ夫妻にお金がないってことなの。入院もムッシュー・ガルシア＝カルデロンとかいうムッシュー・バジェホと同郷の人が手配したの。その人が自分のかかりつけの医者をムッシュー・バジェホに紹介したわけ、つまりルジャールを」

「彼はいつからここにいるんだい？」

「三月二十四日」

「妙だな、ルミエールの取り巻きの医者のなかに二人、見覚えのある奴がいた気がするんだが、そんなはずはない、私が見間違えた連中は外国人で、スペイン人だと思うが、本当のところ連中が医者や医学生だとは想像しにくい。むしろギャングの手下という感じだ。でもだからと言って怖くなんかないのだが」私は慌てて言い足した。

「どんな人たち？」

「痩せていて浅黒くて……パリに詳しい人間とは思えないな。連中は楽しんでる、どうして楽しんでるのかは知らないが。実際、私にも分からない。二人のお祭り騒ぎの好きな男という印象を持ったというだけで」

「スペイン人のお医者さんがムッシュー・バジェホを診たという話は知らないわ。よく来るペルー人のお医者さんならいるわよ。言ったでしょ、ムッシュー・バジェホはペルー人なのよ」

地下鉄駅の入口でマダム・レノーを見送ったあと、夜の十時きっかりにサン＝ミッシェル大通りにあるカフェ・ヴィクトルを訪れた。私の名前はすでに給仕長ノートに記されていて、スペイン人たちが待つ個室のひとつにすぐさま案内された。レストランの照明は申し分なく、不審なところは何ひとつなかったが、私は暗い映画館に入っていくような感覚に襲われた。その映画はもう始まっていて、前を歩くウェイターは暗闇のなかを座席まで導いてくれる案内係というわけだ。蝙蝠(こうもり)だ、と私は思った。給仕する男と、暗闇でも目が効く男とをつなぐ道。

「時間どおりだな」スペイン人の一人が言った。

私は帽子を手に持ったまま、個室の血の色をしたドアの脇で固まった。白衣を脱いだ姿では見分けがつきにくかったが、ルミエール医師に同行していた二人の医者と、私と階段ですれ違い、その後戻ってきて、翌朝言伝てを残していったあの二人のスペイン人が同一人物であることは明らかだった。

「ワインはいかがかな？」と痩せているほうが言い、テーブルにあった三つ目のグラスをゆっくりと満たした。

私は、説明を求めてしかるべきところをあえて黙ったまま、できるだけ出口の近くに、二人に向かい合う格好で座った。

「ああ、そうとも。こんなのはどう見ても奇妙に思うだろうが、それは違う」ともう一人のもっと浅黒い男が言って微笑んだ。本当のところ、二人はどちらも痩せていてどちらも浅黒かったが、気味の悪いことに、その時点ではそれだけが彼らの特徴だった。

グラスを受け取る手が震え、中身の大半がテーブルクロスにこぼれ落ちた。

「君と話がしたくてうずうずしていたんだ、そんなテーブルクロスは気にするな、放っておけ」

「友と友の語らいってやつだ、馴れ馴れしい言い方をすれば」

「くつろいだ語らいだ」

「ほら、飲んでくれ、食事も注文している、大したものじゃないが、つまむ程度の冷製の肉だ、あとで場所を変えて夕食をとろう」

「私は菜食主義者なんだ」というのが、私が最初に口にした言葉だった。

スペイン人たちは驚いて——あるいは、おそらく心にもない驚きを装って——顔を見合わせたが、それから優しく、まるで私が悪い冗談を言ったがそれを許すとでもいわんばかりに微笑んだ。

「ガストン」ハムとリブロースの盛り合わせと数種類のチーズをのせた二枚の大皿を運んできたウェイターに片方の男が声をかけた。「こちらのお客さんにクルミとアーモンドを頼む」

私はやめてくれと言おうとしたが、男の青白い皺だらけの手に遮られた。

「ピーナッツも忘れるなよ、ガストン」とウェイターがもう立ち去ったあとで男は言った。

色黒のほうの男がネクタイを緩めて私に微笑みかけた。もう一人は大皿の上に身を乗り出してチーズを口いっぱいに頬張ると、不作法にも、それをワインでごくごく流し込んだ。

「君たち」私は香りを味わうようにグラスを鼻の高さに掲げながら言った。「実のところ、私は食事をしに来たつもりはない」

スペイン人たちは好意的と言えなくもない笑い声をあげた。チーズを食べていたほうはむせて、私に向かってグラスを掲げ、大皿の上のものをつまみ続けた。

「教えてやろう」と色黒のほうの男が言った。「あのウェイターの名前なんかまるで知らん。我々はウェイターを全員ガストンって呼んでいる。で、当たりが出たら、つまりガストンと声をかけたウェイターが本当にガストンって名前なら、そのときはもう一人がその食事代をおごるって寸法さ、分かるな？」

「いや、分からない。そのやり方だと勝者がいなくなる」色黒の男はいぶかしげに私を見つめた。

「君と君の友だちがウェイター全員をガストンと呼んでいる以上、二人とも勝ちか二人とも負けになる。片方がガストンと呼びかけるなら、もう一人はそう……ラウールとでもしておかないと」

色黒の男はしばらく考え込んでいたが、そのあと何度も頷いた。

「なるほど。我々のやり方はたぶん完璧すぎるんだ。さては君はニュートンを読んでいるな、そうだろう」

私は答えなかった。

「君がバジェホの治療をするつもりなのは知っている」痩せたほうの男が悲しげな声で言った。

私はワイングラス越しに男を見た。一匹の赤い緩慢な動きのウナギが、舌鼓を打ちながら、わざと悠長に飲んでいた。

「昨晩、私を尾行した理由はそれだったのか？」

「我々は君を訪ねて二度も家まで行った」男はへつらうように微笑んだ。「君の住所は知っているよ、ムッシュー・パン。どうして尾行する必要がある？」

「たしかに。だが君たちじゃなくても、同じ国の二人組だったはずだ」

「いつの話だ?」相手は心底興味を持っているように見えた。

「昨日の夜、私たちが階段ですれ違ったあとのことだ」

スペイン人たちはほんの二、三秒考え込んだようだった。

「それはそれは……だがね、もはやどうだっていい話じゃないか? 単なる偶然だ、いずれにせよ我々じゃなかったわけだから」男の口調は自信たっぷりというわけではなかった。「ところで本題に入ろう」

「本題?」

「共通の利益ってやつだ」と男は言った。「あるいは良識と言ってもいい、好きに呼んでくれ」

色黒の男はニッケルメッキされた小箱から取り出した錠剤を二つ飲み込んだ。小箱はほぼ平らで、部屋の明かりを奇妙な形に反射していた。そんな形の箱は見たこともなかった。男がそれを上着の内ポケットにしまったとき、私はほっとした。

「もう察してくれたろうね」と彼は言った。「今すぐ忘れてもらいたいんだよ、バジェホのことも、彼の妻のことも、我々のことも何もかも」

私は唇をグラスの縁に当てた。考えることができなかった。その状況は少なく見積もっても突飛と言えた。ここは自制しなくては、と私は自分に言い聞かせた。ワインを飲んだ。無駄に心を落ち着かせるべく、長々と。

「この要求は」男は「要求」という言葉を強調した。「もちろん君の才能に対する軽蔑等を含むものではない。いやそれどころか、これは誓って言えるし、仲間の前だから嘘もつけない。俺は君が専門分野で発揮している能力を実に高く評価している。ところで、あれはとても幅広い領域だね、言うなれば人類の大多数にとって未知の領域だ、違うかい？」

私は頷いたが、すぐさま自己嫌悪を感じた。

「だがバジェホには何もしてはいかん。共通の利益のために」

「共通の利益」もう一人の男がため息をついた。「素敵な定義だ、君の利益、みんなの利益……調和……均衡……安定した領域……埋め直したトンネル……微笑み……」

その出鱈目な言葉の一語も理解できないと文句を言いかけたが、黙っているほうがよさそうだと結論した。色黒の男は、鮮紅色の肘掛椅子に深くもたれながら私をずっと見つめていたが、その眼差しは脅しというよりむしろ好奇心に満ちていた。彼は私を観察していた。そのことで、なぜかは分からないが、私は元気が出てきた。無鉄砲にも衝動的にグラスをもう一度満たし、ほとんど希望に燃えてそれを飲んだ。

「君たちを寄こしたのはルジャールか？」

「その質問に答えるつもりはない」痩せた男がため息をついた。「はっきり言わせてもらうが、実際のところ、我々は君のいかなる質問にも答えるつもりはない、我々と君のあいだで円満に取引するために絶対不可欠な質問以外は」

「取引？」

「さっき伝えたとおりだ、バジェホやアラゴ診療所とかいった存在を忘れてもらう。そうすれば我々はこの封筒の存在を忘れる」

色黒の男がのろのろと、しかしわざとらしい計算づくの虚勢を張りながら、ワインボトルの横に、細長いこげ茶色の、十年前までパリ銀行で使われていたような封筒を一通取り出した。なかには二千フラン以上入っていた。

「でもなぜ？」

痩せた男の指が私を突き放すように、何かを警告するように、宙に象形文字を描いた。

「質問はなしだ、忘れたか」

もう疑いようがなかった。スペイン人たちはその日の午後にルミエール医師とマダム・バジェホの面会を目撃してはいたが、私がこの件にもはや関与していないことをまだ知らないのだ。すべてを差配しているのはルミエール医師、ルミエールと彼の医療チームとルジャールであって、私に対して私が関わりようもないことから手を引けなどと言って金を払うなど、まったくもって愚の骨頂である。

はるか彼方からタンゴの和音が聞こえてきた。女の透明な笑い声。何人かのくぐもった話し声、何人かの単独の笑い声、拍手。司会者の声が聞こえた。《アラン・モナルデスが皆さまのために独演を……》

「こんなの狂ってる」

「だろうな、でも少々狂ってたって損はしないだろうよ。それどころか、いずれはちょっとした貯金くらいにしか思えなくなるだろうが……」

連中は狂っている、と私は思ったが、金は本物でそこにあり、私が手に取って財布に入れるのを待っている。私は初めて怖くなくなった。

「こんな奇妙な賄賂なんて聞いたためしがない」と私は呟いた。もちろん彼らにその意味は分からなかった。

痩せた男がそれを無視して微笑んだ。

「ガストンを呼ぼう」と彼はベルを鳴らして言った。「そしてワインをもう一本頼むんだ。夜はまだ若い」

「夜はいつだって若い」と色黒の男が正しく言い直した。

「ムッシュー・リヴェット？」

「ああ、ピエール・パンか」

「ラウールのカフェからかけてます、もうだいぶ遅い時刻ですよね」

「いいさ、気にするな、寝てはいなかったから」

「私、酔っていると思います、その……どうしても誰か信頼できる人と話がしたくなって、ムッシュー・リヴェット」

「私で何か役に立てることがあるかね」

「今夜、私はその、憎むべき、忌まわしい行為に及びました……」

「……」

「賄賂を受け取ったのです……」

「君が？」

「ですよね、私みたいに哀れな奴を買収しようとする人間がいるなんて考えにくいでしょうね」

「そんなことを言おうとしたんじゃない、ピエール、落ち着いて、どうもすっかり神経が参っているようだ」

「神経が参るだなんて、私がそうなるのをこれまで何度見たことがあるのですか、ムッシュー・リヴェット？　覚えているなら……」

「いや、ピエール、そんな話じゃない、人間の本性は計り知れないということだ。君はプルームール＝ボドゥーを覚えているか？」

「何ですって？」

「プルームール＝ボドゥーだ」

「ああ、彼のことは、もう何年も考えたことがありません。かつては友だちだったこともあると思いますが」

「忘却の意志、魔術だな。プルームール＝ボドゥーはまず神経をやられたりする奴じゃなかったが、覚えているかね？」

「彼は自殺したのでは……？」

「違う。スペインに渡ってもう一年以上になる。定期的に手紙をもらうのだよ。往時を懐かしむのが好きな男でね」

「私は違います。あまり好きではないですね。今の自分を甘んじて受け入れるほうを選びます。でもなぜ、プルームール＝ボドゥーの名を出されたのですか？」

「分からない。彼のことを考えていたんだろう……君のこともだ」

「今日ですか？」

「午後のあいだずっとだ。知ってのとおり、我々年寄りは昔を懐かしみたがる。君たち二人を占った占星術のカードを見直していたのだ」

「プルームール＝ボドゥーと私を？　そんなの初耳ですよ」

「取るに足らぬことだ。気にするな。それで結局、賄賂がどうしたって？」

「受け取ってしまいました。これで私も汚れた人間の仲間入りです」

「金を受け取ったということかね……」

「そのとおりです。二千フランもらい、酔わされ、そのあと悲惨なタンゴの楽団のショーを見物し、その後も飲み続けました。肉まで食べてしまったんです！　血の滴るようなアルゼンチン風ステーキを！」

「ピエール……」

「しかも自分の意志に反してではないのです。私は知りたかった。だからあの場に留まった。好奇心ゆえに。ムッシュー・リヴェット、本当のところ、私はその金をもらって、自分にできなければ、やるつもりもないことをするなと言われたのです。でも、いいですか、彼らにはそれが分かっていなかった。彼らに分かっていたのは――このことは私自身が知らされる数時間前に分かっていたようなのですが――その問題の患者について私に治療の依頼が来るということでした。数時間前にですよ、分かりますか？」

「……」

「数時間前、つまり私がその私の元患者の存在など知らなかったとき、彼らは私にこの件から手を引かせようと会いに来たのです。元患者と言いましたけど、そもそも私の患者だったためしはありません。一度も会ったことがないのですから！　なのに彼らはすでに知っていて、頃合いを見計らって行動を起こした。待ち伏せされていた気がします、奴らは道の曲がり角に潜んでいた。でも私が一度も通ったことのない道、今後も通るつもりのない道だったんです。説明がつかないでしょう」

「どんなことでも説明はつくものだ、ピエール、できないならそれは説明しようのないことなのだよ。テルゼフを思い出したまえ、マダム・キュリーを論破しようとしたあの哀れな青年を」

「テルゼフ……プルームール＝ボドゥーの友だちでは?」

「そのとおり。テルゼフは科学者だった、プルームール＝ボドゥーも引けをとらなかったがね。一見したところとても聡明そうな青年だった。もちろん、彼の理論はどれも証明不可能だったわけだが」

「きっとアルコールのせいでしょう、何も思い出せません。あんなに酒を飲んだのは久しぶりだ」

「その間、恋物語があったのを覚えているかね? テルゼフはマダム・キュリーの娘イレーヌに恋していて、彼女の母親を論破しようとした動機はまさにそこだったのだと私はいつも思っていた」

「自殺したのはテルゼフでしたっけ?」

「そのとおり。一九二五年のある夜、ミラボー橋で首を吊った……冬だったと思う、一月か二月の、大荒れの天気の頃だった」

「ああ、何もかもが笑えてしまいますよ、ムッシュー・リヴェット。かくも悲しく、かくも馬鹿馬鹿しい。イレーヌ・ジョリオ＝キュリーに恋していたテルゼフも、こんな夜遅くにあなたに迷惑をかけている私も」

「寝てはいなかったんだよ、君、読書をしていた、君の電話を待っていたといってもいい。知ってのとおり、この歳になるとほんの数時間寝れば十分なのだよ」

「ラウールもそのようです。カフェを閉めて、今はテーブルで一人占いをしています」

「一人占いだと？」

「ええ……カウンターからテーブル二つ分離れたカフェの真ん中に座って、カードを引こうとしています」

「それは不穏な光景だな、ピエール」

「そんな……不穏だなんて……」

「……」

「店の奥にもう一人います。カウンターの向こう側、どこに通じているのか分からないドアのそばでスツールに座っています。ラウールのかみさんですね、今日の売り上げを数えているのか、小説でも読んでいるのか。どうだっていい！　何の話をしていたんでしたっけ？」

「君の話だ、ピエール、例の奇妙な賄賂の話だ」

「恥ずべき、と言いたいのでしょう」

「いや、いや……好奇心の延長のようなものだったと思いなさい」

「そして金を受け取った。二千フラン」

「明らかに誤解に基づいていた、なのに君はそれに乗ってしまった」

「恥ずべきことに、卑劣にも、まるでぽん引きのように……」

「返してしまえば解決することだろう」

「失うものなど何もないと思ったのです、倫理……職業倫理が関わることですらないと。これじゃあ客引き屋の倫理だ！　自分にはその金が要ると思ってしまったんですよ、私は！　すみません」

「……」

「今となってはどこに行けばスペイン人たちと会えるかも分かりません。今日の午後、アラゴ診療所で見かけたのですが、連中があそこで働いているとは思えません。なぜそう思わないか？　分かりません。ただ奴らがあそこで働いていないことだけは確かだ……アラゴ診療所へは行ったことはありますか？」

「いや……」

「恐ろしい場所です。廊下がどこまでも伸びているのです、まるで人を迷わせるために作られたように……実際よく迷う場所なんです……なんだか気分が悪い……」

「どうも話が込み入っているね……」

「生活に必要だとかいうのとは無関係な理由で金が欲しくなったんです。食べていくために必要だったわけじゃありません！　国から恩給をもらっている身ですし……私は無駄遣いはしません。よくご存じですよね……」

「もちろんだ、ピエール」

「隠れた別の動機もあるのです、ムッシュー・リヴェット。すぐそばに何かが潜んでいて、今にも臭いが漂ってくるみたいだった……私が金を受け取ったのは……塞いでしまわないようにするためでした……その穴を……頭がおかしくなったと思われそうですが、本当にそうなんです。何も言い逃れしていなければの話ですが！」

「心を落ち着かせたほうがいいと思うぞ、ピエール」

「半年ほど前に私の住所を教えた女性を覚えていますか？　夫がサルペトリエール病院に入院していた。マダム・レノー」

「ああ、もちろん。レノー夫妻のことだね。私の記憶が間違っていなければ、たしか夫は亡くなった。とても若い青年だった」

「そのとおりです。実は今回の件を正式に依頼してきたのはマダム・レノーなんです。例の病人というのは彼女の友だちの夫なんです」

「話のつながりが見えんな、ピエール」

「私はマダム・レノーに惚れてしまったみたいなのです」

「……」

「愚か者だとお思いでしょうね、四十四歳の男が若い女性に恋をするなんて」

「君はまだ若いぞ、ピエール、私みたいな八十いくつの爺さんが恋をするのは愚かなことだろうが。で、彼女はそのことを知っているのかね？」

「いいえ、もちろん」

「どうするつもりだ？」

「金を返そうと思います、あるいはどこかの高級レストランでマダム・レノーを夕食に招待するか。分かりません。なんだか目が回る。きっと飲み過ぎたんでしょう、こんな私によく付き合ってくださいましたね」

「……」

「ラウールもよく付き合ってくれたものだ。もう帰って寝ないと」

「……」

「それで、プルームール＝ボドゥーは国際義勇軍に参加したというわけですか？　そいつは羨ましい話だ、正しい動機、情熱の国での冒険、最高の休暇だ」

「いや、それがどうも反対陣営にいるらしいんだ」

「ファシスト側に？」

「そのとおり」

「ああムッシュー・リヴェット、それはありそうなことです。プルームール＝ボドゥーは民主主義を支持したことなど一度もありません」

「私はそんなことはまったく予想もしていなかった。だがね、結局、私くらいの歳になると、人について判断を下すのはもうやめている。何をしようとありのままに受け入れるだけだ」

「あなたは昔から師匠にしては寛大すぎた、ムッシュー・リヴェット」

「何を言い出す。私のような老人が判事の真似ごとをするのは間違いだというだけの話じゃないか……だが判事はいつか姿を現わすよ、ピエール、それだけは間違いない、岩のように堅固な判事、その前では慈悲という言葉の意味すら失われてしまうような判事がね。ときどき、まどろんでいるときに彼らが夢に現われるんだ。彼らが行動し、判決を下すのが見える。彼らは断片をつなぎ合わせる。冷酷で、我々には偶然の領域にあるとしか思えない規則に従って行動する。一言で言うなら、恐ろしく不可解な存在だ。もちろんその時が来れば、私はここにはいないだろうがね」

「たぶん私が酔っているからだと思いますが、今夜は何か妙な臭いがします」

「夜はそれぞれ違った臭いをもつものだ、そうでなければ耐えがたいだろう。君はもうベッドに入ったほうがいい」

「でも今夜の臭いは特別です。まるで何かが路上を動き回っているみたいだ、何かぼんやりしたもの、よく知っているのに何かは思い出せないものが」

「もう寝なさい。ひと眠りしろ。精神を落ち着かせることだ」

「そこまで臭いがついてくるんです」

四月七日から八日にかけてのその夜は、わが生涯最悪の夜といういかがわしい名誉を勝ち得た。何時に床に就いたのか、どんな状態で部屋までの階段を上ったかすら覚えていない。寝るには寝たが、それはあの体の震えを睡眠と呼べるならの話だ。そこはアラゴ診療所の螺旋廊下にそっくりの白とグレーの色をした天井の低い迷路で、夢のなかの廊下はときには診療所より広く、果てしなく伸び、ときにはねじれた玄関ホールのように狭くなっていた。そこで私ははっとして呻くたびに目を覚まし、また眠りに落ちるのだが、それはまだ最悪の事態ですらない。あそこで私は何をしていたのか？　自分の意志でそこにいたのか、それとも何か別の力が私をあの場所に留め置いたのか？　バジェホを探していたのか、あるいは別の人物を探していたのか？　ありとあらゆる悪夢が共謀してひとつの夢となり私のもとを訪ねてくることが仮にあるとしたら、それがあの夜の夢に近いと思う。夜中のいつ頃だったか、ベッドに座ってパジャマの袖で首の汗を拭きながら、そのとき見ていた悪夢には通信装置の特徴があると思ったのを覚えている。そう、ある種のラジオ放送のような。そうして、まるで私の夢世界が、自分のものではない放送局に潜むアマチュア無線家のラジオになったかのように、いくつかの場面や声が私の心にまで届いてきたが（夢というものには以下の特徴があることを断っておかねばならない。視覚的イメージというよりも、声や囁きや呻き等で構成されているということだ）、私がたまたま運よく受信器になっていたとしても、それらの場面や声は私自身にとりついた幻とは何の関係もなかった。私を襲った狂気のラジオドラマは間違いなく地獄の予告篇だった。それは、ひとつの静力学に従ってついたり離れたりする声の地獄で、察するにその力学とは私自身が苦しげに鳴らすいびきであり、それが二重奏になり、三重奏になり、四重奏になり、やがてはすべてが合唱となって、無人の読書室のようなひと気のない部屋を脇目もふらずに進んでいくのだが、ある瞬間、そこが私自身の脳のなかだと分かる。同じく夢のどこかで、耳とは目のことなのだ、とも考えた。

その悪夢は要約するとこんなふうになった。

最初の声が言う。《ピエール・パンとはいったい何者だ？》

《漏洩がある》

《漏洩があるという確信があるだけだ》

《些細なミスのせいで起きたことだぞ》

《全体像をよく見ろ。妙な点はあるか？》

《市場における我々の暮らし、中央市場の通りにおける……》

《夢、憂鬱》

《漏洩がある、全体像をよく見ろ》

その昔、リシャール・ルノワール大通りにあった古い家の書斎で、ムッシュー・リヴェットの周りに集まったテルゼフが、プルームール＝ボドゥーが、そして私自身の姿が、ピンぼけの写真のようにぼんやり見える。ムッシュー・リヴェットはそこにはもう長いこと住んでいない。時は一九二二年、私たち四人は無言で、だが師匠だけは侵入者を見張るかのように絶えず目を動かしている。このイメージが、ある意味で、夢の全体的な流れに代わるものであること、それが私を守ってくれても私がそこにしがみつけはしないことが分かる。

見知らぬ男が微笑む。映画俳優だが、それ以外のことは何も分からない。彼の微笑みは美しいが、一方、彼の言葉は空気を引き裂き、部屋のなかの酸素を一瞬にして飲み込んでしまう。《漏洩と言うとき、お前は一体何が言いたいのか？　漏洩という言葉はお前にとって何を意味しているのか？》

背後の、その見知らぬ男の暗い舞台背景のようなところからくぐもった音が断続的に聞こえ、私を切迫感で満たした。

目が覚める。水道管の音に耳をすます。部屋の壁がほとんど気づかないほどかすかに揺れているようだ。私の皮膚にも同じことが起きている。

見知らぬ男がひと気のない大通りを遠ざかる。木々の梢から枯れ葉が舞う。秋なのか？

今、自分自身が見える。カーテンの陰に隠れて、汚れた窓ガラス越しに通りの真ん中にいる見知らぬ男を見つめている。見知らぬ男のほうは私のいる建物の窓を観察しているが、私が彼を覗いているる窓ではない。

その男は何者だ？　何を探している？

男の視線が私のいる窓に止まった瞬間、場面が解体する。

二つの声が同時に悲しげに次のように言うのが聞こえる。《俺たちにはパリ市内の移動は無理ですよ、ボス、フランス語の単語は四つくらいしか知らないし……》

《漏洩という言葉はお前たちにとって何を意味するのか？》

《情報の漏洩?》
《そんなちっぽけな脊椎神経回路はしまっておくんだな!》
《我々のエージェントは時間ばかりかエネルギーまで無駄にしている!》
《その言葉の意味を知っているか?》
《時間……エネルギー……時間……エネルギー……》
《ありえない漏洩の束》
倦怠と不快の呟き。さらに文句。
《ねえ、ボス、変な感じがするんです》
《背中を掻かれているみたいな、もう時間がないみたいな》
《夢の憂鬱、その絶対的な無意味》
《我々以外に、ここには誰かいるのか?》
まるで自分が下水溝のなかにいるかのように、排水管越しに一人の男の黒い靴とグレーのズボンが、膝の高さまでだが見えている。男が遠ざかると腰のあたりまで見えるようになる。腰から上は決して見えず、顔はなおさらだ。
男はつねに現実あるいは想像上の縁に沿って、誰もいない通りを歩いている。いかなるときも私の視界から外れることはない。
誰かがほとんど私の耳元で囁く。《南米の男に気をつけろ……》

肩越しに目を上げると見えるのは暗闇だけ。本当に下水溝のなかにいたのだと気づく……

一九二〇年のぼやけた古い写真、プルームール＝ボドゥーとテルゼフと私が鉄橋を渡っている。渡りきったところで私たちは振り向き、次第に遠ざかる揺らめく人影に向かって帽子を持ち上げ――テルゼフだけは白いハンカチを振って――挨拶を送る。とある広場まで来ると絞首台が設置してあるのに気づく。プルームール＝ボドゥーとテルゼフが「新しい絞首台だ」と言うが、二人の唇からは獣の発するような音がわずかに漏れるだけだ。窓から秋風が吹き込む。でも秋なのか？

同じ声が、ただし今度は私の内側から聞こえていると分かる声が主張する。《冷たい南米の男に気をつけろ……》

冷たい？　冷たい神経？　死の冷たさ？

その男は病気にかかっている、街のどこかに病気の男が一人いると言おうとするが、どんな音も口にすることができないままポカンと口を開いている。

《新星の話を聞いたことがあるか？》

《電気水銀、壊れた体温計、漏洩……》

《人間新星の話を聞いたことがあるか？》

《あらゆる量子の笑い話》

《私を調べさせること》

しまった、とその男の靴、光る靴先を見て私は思う。そいつが屈まねばいいのだが……

目が覚める。汗をかいていた。二度寝しないようにする。一瞬、部屋に誰かもう一人いるに違いないと思う。

ある病院の廊下の奥で、女がこちらに背を向けて独り笑っている(聞こえるのはその声だけなので分かるのだ)。その笑い声は鎮痛剤のようだ。やがてすべてがバラバラになり、また組み合わさる。

あの見知らぬ男が断続的な音に囲まれて近づく。音が彼の後光なのだ。彼はルーヴル美術館の階段に立っている。秋風がパリの地平線に渦を巻く。彼が私に語りかける。

《私はガラスの天井のある中庭の黒いアーケードの下に住んでいる》

《目の前にガラス窓が二枚あるとする。前から見ているかぎりは注意を引かないが、横から見ればたしかにガラスが二枚あることが分かる……》

《ピエール・パンとはいったい何者だ?》

《俺たちの金を持ち逃げしやがった》

《我々以外に、ここには誰かいるのか?》

誰かが窓ガラスを引っ掻いている気がする。口がきけなくなった気がする。目が覚める。

朝の早い時刻にマダム・レノーが私の家を訪ねてきた。私たちの友情が始まったとき以来の出来事だった。

新たな展開に少しどぎまぎしつつ、どうぞ座って、と声をかけながら、隣の部屋に服を着替えに行こうとした。彼女には聞こえなかったらしい。私たちは少しのあいだ、焦りと臆病さに似た何かに包まれたまま、それまでにない角度から互いを見つめ合うかのようにじっと動かずにいた。外からはほんのかすかな音さえ聞こえず、せいぜい空気中に吊るされて漂う聞き取りがたいざわめきくらいのものので、彼女の姿を浮かび上がらせていた光には、パリのある種の朝に特有の灰色をした親密さがあった。彼女はいくぶん警戒しつつも愛らしく微笑み、ほんの少しがっかりした少女のように、しげしげと辺り全体を見回していた。たしかに、私のその惨めな部屋はそれ以上散らかりようがなかった。狭い空間にひしめき合うように、我が家族の形見である背の高い肘掛椅子が二脚、モロッコ製の古い絨毯、樫材の書棚、コンロを載せた整理棚、マホガニーの縁取りを施した黒っぽいテーブルがあり、その上に私が日に一度はめくる本が雑多に積み重なり、他にも顕微鏡、メトロノーム、愛用のパイプ数本、コーヒーカップと皿、使ったままのナイフなどがあって、どこもかしこもうっすら埃が積もっていることにそのときまで私は気づかずにいたが、マダム・レノーの前では、それが退廃の反論しがたい証拠として私の目に飛び込んできたのだった。私は部屋の状態について言い訳を試み、このところ家のことにかまけている暇がなかったなどと嘘をついたが、彼女は知識人一般のだらしのない性格についてありきたりな意見を述べて私を安心させた。私はもうひとつの部屋のドアが閉まっていたことを神に感謝した。額に入れて壁に飾ってあった小さな写真が彼女の注意を引いた。それはもう何年も前にある友人から贈られたクリシー通りの写真にすぎなかった。彼女はやや緊張しながらその写真を指差した。

「あなた、そこで生まれたの？」

「いや、そうじゃない」私は慌てて否定した。

「きれいな写真ね、でもすごく寂しそう……」

「たしかにどこか憂鬱な感じがするね。実を言うと、ただなんとなくそこにあるだけなんだ。写真には何の関心もない。きっと壁の染みでも隠すために掛けたんだろう」

彼女は私を見つめ、ほんの一瞬ののち、その両唇が緩み、大きな笑みになった。そして何か言おうとしたが、私は手でそれを遮った。彼女が口にしていたかもしれない数多ある台詞のなかから、私はある遠回しな優しい言葉、自分が望んでいなかった、あるいは聞く勇気のなかった唯一の言葉を想像した。私は自らの臆病のせいで報いを受けたのだ。

その数分後、彼女は私の家までやってきた事情についての説明に移った。実際のところ、それは予想の範囲内だった。前の日の夜、マダム・バジェホが電話をかけてきて、ルミエール医師との面談で聞いた話を彼女に伝えた。結果は期待外れだった。ルミエール医師はたしかに「臓器はどれも新品同様だ」と言ったが、あとでマダム・バジェホと二人きりになったときにこう言い足したそうだ。「どれかひとつでも悪いのがあればよかったのですが！　この方は危篤状態ですが、その理由が分からんのですよ」

　ルミエールの口から発せられるといっそう深刻に聞こえるこの「危篤」という言葉が、マダム・バジェホを完全に鬱に近い状況に追い込んでしまった。すでに何日も夫の枕元で看病を続け、ほとんど眠りもせず、いくつもの不安に苛まれていたことを思えばそれも仕方のないことだったが、マダム・レノーが興奮気味と言えなくもないその誇らしげな口調で言うには、マダム・バジェホは元気を取り戻し、私に今度こそ患者のいるベッドまで会いに来てほしがっているという。私が理解したかぎりでは、マダム・バジェホはあらゆる可能性が尽きるまで諦めることはないようだった。あらゆる可能性、とはもちろん、この私を指名する遠回しな表現である。

　突如として、雲の隙間から下弦の月が顔を覗かせるがごとく、むき出しの場面が目の前に現われた。哀れな男をどうしても死なせたくない二人の女性が、科学と医学が何も手を打てないか打ちたくない今、別の哀れな男に救いを求めている。あまりにも悲惨な場面、ほとんど自然主義のメロドラマではあるが、その舞台というか前景と呼びうるものの背後に、書き割りに隠れるようにして、見知らぬ男の人影が見えたような気がして——虫の知らせみたいなものだ、私の顔はマダム・レノーの言葉にじっと注意を向けていた——言ってみれば、その人影は舞台の袖で煙草を吸っていて、そしてその男が夢のなかで警告された例の南米の男であることがはっきりと分かった。

　自分は興奮しすぎじゃないかと思った。マダム・レノーがほとんど無意識に私の足元に置いたのはいかなる種類の純真さなのかと自問した。何であれ、私はそれに値しない。それに見合うことは何もしてこなかった。おそらく私は、滅多にないことだが、幸せを感じていた。

私たちはアラゴ診療所近くのカフェで午後四時に待ち合わせることにした。それまでの数時間、私は家で独り、昼食も食べず、ときどき紅茶を飲んだり、煙草を吸ったりして過ごした。寝室の窓からは、なかなか去ろうとしない冬に似つかわしい煙突や屋根裏部屋が建ち並ぶ景色が見えた。

本でも読もうと思ったが、気が乗らなかった。マダム・レノーの存在がまだ家のなかにちらついていた。あるときなど、別に怒ったわけでもないのに、手にしていた本を壁に投げつけたのを覚えている。フェリシアン・ロップスのなかでもとりわけ不気味で啓示的な版画を思い起こそうとしたが無駄に終わった。外では、都市の帯びる灰色が、脅威を予感させる黒と白の混合物に変わりつつあった。両方の部屋を掃除してみた。スーツを着たままブラッシングしてみた。鏡の前で時間をかけて髪を完璧に整えようとしてみた。これは無理だった。

外へ出ると空はふたたび雲に覆われ始めていて、二区画も歩くと雨が降り出した。夜遅くまで降り続けてくれたらいいのにと思った。そうすれば屋根に落ちる雨音を聞きながら眠りにつける。それだけが私の願いであり、我が患者にようやく会う直前にしては最高の精神状態だった。

バジェホのいた個室はところどころ壁の漆喰が剝がれ落ち、不可解な金縁の鏡が掛かっていた。私たちが着いたとき、コートの襟を立てた一人の浅黒い男が廊下で煙草を吸っていて、マダム・バジェホに片言のフランス語とスペイン語で何か話しかけたが聞き取れなかった。マダム・バジェホによる紹介も待たずに男はすぐさま立ち去り、私たちはその個室に入った。ムッシュー・バジェホは眠っていた。片隅の白い椅子には、巨大なコートにくるまった別の来客が座っていて、スポーツ雑誌をぼんやりとめくっていた。男は私たちを見て立ち上がったが、マダム・バジェホがきっぱりとした身振りで静かにしているようにと制止した。

「彼が目を覚ますといけないから」と彼女は囁いた。

私は頷くと、つま先立ちでベッドに近寄った。鏡越しに、先ほどの男が椅子に戻り、マダム・レノーがブラインドの半分下りた窓辺に立つのが見えた。マダム・バジェホだけが歩き回っていた。私はすぐにバジェホのそばに移動した。彼は寝返りを打ち唇を開いたが、言葉にはならなかった。マダム・レノーが叫び出したいのをこらえるように手を口に当てた。部屋を覆う静けさが穴だらけになったような気がした。

私は枕元から三十センチ上に左手をかざしてじっくり待つことにした。目の前には、病院に一定の期間隔離された人に共通する奇妙な絶望的威厳の漂う病人のとがった顔が、遠慮がちに横たわっていた。他の部分はどれも輪郭がぼんやりしていた。黒々とした前髪、パジャマの襟にかろうじて覆われた首、汗をかいた跡のないつやつやした肌。部屋の静けさのなかで彼のしゃっくりだけが聞こえていた。バジェホの顔については、少なくともそのたった一度だけ面会したときの描写しかできないのは分かっている。だが、あのしゃっくり、耳をすませば——つまり、本当に耳をすましてみれば——あらゆるものを呑み込んで聞こえていたあのしゃっくりの性質は、言葉では言い尽くせないものでありながら、同時に音波のエクトプラズムとかシュルレアリストの発見のようなものだった。

今「しゃっくりの性質」と言ったが、その特徴のひとつはおそらく、あくまで私の受けた印象だが、しゃっくりが自然に発生したらしいことだった。誰でも知っているとおり、しゃっくりは筋肉の収縮運動であり、横隔膜の痙攣が声門を急に妨げ、特徴的な音を断続的に引き起こすものだが、バジェホのしゃっくりはそれとは違い、患者の体とは関係なくそれ自体で完全に自律しているようだ、あたかもバジェホがしゃっくりに苦しんでいるのではなく、しゃっくりがバジェホに苦しんでいるかのように。それが私の考えたことだった。

私は二時間ベッドのそばにいた。幸いにも、コート姿の男は数分と経たないうちに立ち去った。ドアが閉まるときのかすかな音に、私はさまよい込んでいた空想の小道から現実に引き戻され、病に、バジェホという穴に集中した。二人の女性と病人と一緒にいるのは自分一人でいるようなものだと気づいて私は嬉しくなったが、それは調和のとれた軽やかな孤独、哲学者の言うように時計よりも素早い孤独だった。

「目を覚ましているわよ」マダム・レノーが囁いた。

私は彼女を見つめ、静かにするよう指を口に当てる。バジェホは眠っている。ほとんど体を動かせないし、衰弱ぶりは明らかだ。マダム・バジェホがベッドの枕元にいる私の向かい側にやってくる。私は彼女に離れているよう合図を送る。マダム・バジェホがおとなしくベッドの足元まで引き下がったとき、マダム・レノーの顔が急に青ざめたことに気づく。バジェホが目を開けていた。妻を見つめて二言、三言、何かを呟く。うわごとだ。その後目を閉じ、穏やかな寝顔になる。私は動かずにいた。まるで、とても小さいのにかなり重たい一匹の蜘蛛が、私がずっと宙に掲げている手の甲を這い回っているような気がする。

帰るときには疲れがどっと押し寄せてきた。激しい運動をしたあとのように両肩がずきずき痛み、喋る気力もなかった。誰の邪魔にもならない広い場所で思い切り咳込み、夜になるまで独りで歩いていたい気分だった。この患者は治るという確信があり、私はその希望の真ったただ中で、突飛ではあるが、あの部屋で私をそれぞれ異なる角度から見つめていた二人の女性とだけでなく、あそこで何が起きていたか知りもしないパリの住民の大半と気持ちがひとつになったような気がした。

マダム・バジェホが問いかけるような目で私を見た。

「希望はあります」ドアのそばまで来たところで私は冷静に言った。

マダム・レノーは窓際から動かずにいた。彼女は私を見つめ（しかし彼女が見ていたのは私ではなかった）、それからブラインドを開けた。

「希望はあります」私は友人の態度に何か合図のようなものを探りながら微笑んだ。

「ごきげんよう、マダム・ムッシュー・パン」とマダム・レノーの唇が囁いたように見えた。

彼女は感謝し、マダム・バジェホとともにそこに残るつもりなのだと分かった。それだけのことだった。しゃっくりは止まっていた。といっても、あの音は私の頭のなかでなおもしばらく鳴り続けていたので、気づいたのはもっとあとになってからだった。もちろん私は嬉しく思った。

立ち去る前にベッドに横たわる患者を見つめた。肌は浅黒く、シーツは白くて目が粗かった。その瞬間、すべてが一見単純に思え、少なくとも単純な解決に至りそうに思えた。まったく根拠がないわけではなかったが、私は自分がバジェホを治せると確信していた。

「明日また来ます」と私は言った。

二人の女性は黙って頷いた。

二人は窓際に並んで立ち、手を握り合っていた。

「午後三時に」と私は言った。

ドアが閉まった。私は独りになった。今度こそ何かが起きるに違いないと思ったが、ぼんやりと照らし出された診療所の廊下を出口まで歩いていくあいだ、すれ違う人々は私のことなどほとんど気にも留めなかった。受付で当直の看護婦にルジャールかルミエールの下で働いているスペイン人医師の名前を教えてくれと頼んだ。彼女は私が頭のおかしい人間であるかのように見つめ、それから黒い表紙のノートを取り上げかけたが、開く前に思い直して手を止めた。スペイン人医師はマリアーノ・ロカ先生だけです、と彼女は断言した。

「どんな人ですか？」私は精一杯微笑みながら尋ねた。

「年寄りのでぶ」彼女は素っ気なく答えた。

「その人が職員のなかでただ一人のスペイン人医師？」

「ただ一人の外国人です」と彼女が正した。「私どもの医療スタッフは、ロカ先生という嘆かわしい例外を除けばみなフランス人で構成されています」ロカ先生が彼女に快く思われていないのは明らかだった。

「本当に？　スペインか、いやひょっとすると南米の人かもしれないが、三十歳前後の若い医者が二人、ときどきかもしれないがここで働いていませんか？」私は食い下がった。

「あなた一体何者ですか？　探偵？」

「いや、まさか……これが探偵の顔に見えますか？　私はただその医者たちにあるものを、彼らのものを返そうとして探しているだけなんです」

「何を？」

私はここで初めて彼女をまじまじと観察した。その形相は次第に変貌していくように見えた。いまやそれは地獄の番犬ケルベロスと私が青春時代におそるおそる想像した娼婦が混じり合った顔になっていた。

「それは個人的なことで……分かるでしょう？」

「分かりません」

「とにかく、彼らがここで働いていないというなら仕方がない……」

通りに出るとタクシーを拾ってすぐに帰宅することにした。風は涼しく、雨はもうやんでいたが、道路の敷石は油を塗ったばかりのように光っていて、まだ傘を差したまま歩いている人もいた。

自宅の建物の正面まで来ると、私はタクシーの運転手に、降りるわけではないが止めてくれと伝えた。

車のウィンドウ越しに外を見ると、玄関ホールがこじんまりとした虚ろな影となって現われた。人影は見えなかったが、暗がりに誰かが潜んでいてもおかしくはなかった。家に入る気が失せていくのを感じた。

「エンジンを止めてくれ」私は運転手に言った。「少し待とう」

運転手は振り返って私を見つめると、両手をおとなしくハンドルにかけたまま、無言で頷いた。両側の歩道のどこにもスペイン人たちのいた形跡はなかったが、待つことにした。十五分後、車を出すよう運転手に命じた。後部座席のウィンドウ越しに、誰も尾行していないことを確かめた。

「誰かを尾行しているのかい、それとも尾行されているのかい？」と運転手が尋ねた。

私は返事をしなかった。

これであんたが失うものなどあるまい、とスペイン人の一人は私に尋ねたものだ。

おそらく問題はそこなのだろう。つまり何かを失うか、見つけるか。

「君たちは何を失う？」と私は尋ね返した。

痩せたほうの男が瞬きをした。

「強がるんじゃない」と彼は言った。

相手が理解していないのではと思ったが、どうでもよかった。

「何のことだかさっぱり分からないな」と私は続けた。「でも、君たちがしようとしていることなど誰にも理解できないだろう、そう考えると気も楽になる。金はプレゼントとしてもらっておこう」

痩せた男の瞬きは、私がそのまま二千フランの入った封筒を上着のポケットにしまうのを見て、笑顔に変わった。

「実際、こっちには失うものなど何もない」私は言い訳をした。「君たちには想像もつかないだろうが」

「心配するな」と浅黒いほうの男が笑って言った。「金ならうなるほどある、我々だってちっとも困らんさ」

「それに、想像という言葉を見くびるな」

「想像力というのは何だって想像しちまうものだ」

「何だって、」と痩せた男が言った。

「バジェホの世話は我々に任せてほしい、あいつは友だちだ、大事な友だちだ」

大事な友だち？　想像力は何だって想像する？　自分がスペイン人たちの言葉を誤解しているのではないかという思いがいっそう強くなった。

「ブランシュ広場まで頼む」私の声にタクシー運転手はぎょっとした。

「どこだって？」運転手は急に加速しながら尋ね返した。

「ブランシュ広場」

運転手はルームミラー越しに当惑した様子でこちらを見つめた。車は区画を一周し、私の家のある通りに戻ってきた。一瞬、私は運転手がこれ以上私を乗せるのを拒むのではないかと思い、家からほんの少しの街角に置いてきぼりにされると思うと少し怖くなった。

「そのまま行ってくれ、道は私が教えるから……」

私はある友人の家の近くと思しき通りでタクシーを降りた。彼を訪ね、できたら自分の身に起きていることを洗いざらい話すつもりでいた。少し経つと考えが変わり、なんとなく見覚えのあるいくつかの通りを歩いて気を紛らしたが、それらの通りは時間が経ち距離が長くなるにつれて次第に見たことのないものに変わっていき、ついにはまったく知らない地区に入り込んでしまったことが分かった。

一軒のカフェに入った。天井も壁もテーブルも椅子も何もかもが緑色だった。狂気の発作に駆られた店主が店内を密林みたいにしようとしたか、これはあとになって思ったことだが、密林に見せかけようとして、部分的には成功したものの、明らかに下手くそだったか、いずれかのようだった。二枚のこれまた緑の羽根のついた静かな扇風機の真下にあるテーブルにつき、テーブル三つ分ほど離れたところで半分空いたグラスを前に静かに座っている二人の金髪の若者以外に誰もいない店内をしげしげと眺めた。

「注文を取りに来るまで少しかかるよ」と少ししてから若者の一人が言った。それが私に向けられた言葉であるのを理解するのに時間がかかった。

「何だって……」

「だから、注文を取りに来るまで少しかかると言っているんだ。ウェイターはおしっこの最中だよ」

黙っていたほうの若者が、短く痙攣するような笑いを押し殺そうと口に手をやった。もっと注意深く彼らを観察した。まだほんの子供で、どちらも二十歳になってもいないだろうが、入念にめかし込んでいる。私は特に急いでいないと彼らに言った。本当のところ疲れていたので、その奇妙なカフェの静けささえあれば満足だったのだ。

「おしっこするのに下手をすると半時間かかることもある。何か別のことをしてるんじゃないかって思いたくもなるよね、でも目的は本当に小便なんだ……しかもほんの数滴……水銀みたいな……」

「可哀想に」ともう一人が口を挟んだ。

「変わった場所だね、ここは」私は思い切って言ってみた。

「森……」

「何だって？」

「森……ここの名前だよ」

「まさにぴったりだ」

「海底の森さ」と彼はカフェの隅を指差して言った。

彼の人差し指が示す方向を見やると、サテンのカーテンに張りつくようにして巨大な四角い水槽が置いてあった。

「見てごらん。大したものじゃないが、きっと面白いものが見つかるはずだ」

近寄ってみた。水槽の底のとても細かな砂の上に、ミニチュアの船や列車や飛行機がいっせいに災害か大事故に遭ったように静止状態で並べてあり、その上を何匹かの金魚がそ知らぬ顔で泳いでいた。

ミニチュアは鉛でできていて、細部まで忠実に作り込んであるように思った。

「死体がない」意見を述べるというより独り言を呟いたのだが、若者は私の言葉を聞いたというか察したらしい。

「よく見て」と彼は言った。

たしかに、列車のひとつの最後尾の車両のそばに、半ば砂に埋もれるようにして小さな男性の人形が横たわっていた。ひとつではなかった。単座機からそう遠くないところにある軽石にもたれて、もう一体の塗装していないダークグレーの金属製の人形が立っていて――軽石をどければ簡単に転がりそうだったが――事故年鑑を読んでいた。

「面白い」

「ここじゃ明かりが足りなくてね。理想は白くて冷たい明かりなんだ、こんなインドシナみたいな緑色のじゃなく。でも理想というのは、知ってのとおり……奇跡でも起こらないと……」

「君が……これを作ったのか?」

「僕たちが」

死の旗――金魚――だけが揺らめく、沈んだまま取り残された世界。だがその金魚ですら怯えているように見える。

若者の唇に微笑みの影が浮かんだ。

「大したものじゃないが、そのミニチュアを集めるのは楽しかった。鉛製のよくできた列車を見つけるのがどれだけ大変か知らないだろう……そっちの左側のやつを見てごらんよ……」

私は彼の指差したその列車を探した。それは十両以上もある見事な黒い列車で、側面には《メーアスブルク急行》のロゴが描かれていた。機関車の色は青で、最初のうち、水槽の底の列車沿いにポツポツと散らばる黒い点々が何なのか分からなかった。やがて気がついた。それは切断された頭部、体が首まで埋まった人形だった。死体の連続。しかし、水による錆び以外は痛んでいない列車のなかには、奇妙なことに、一体もない。

「ドイツ製だよ。わざわざドイツから取り寄せたんだ」

「メーアスブルク急行?」

「そいつはアルフォンスの提案。そのロゴを描いたのは彼なんだ」

私はアルフォンスのほうを見た。背筋をぴんと伸ばして座り、表情は虚ろだった。

「どうやらウェイターは本当に具合が悪いらしい」私はテーブルに戻りながら言った。「ひょっとして君たちがここのオーナーなのかな?」

「まさか」と話すつもりがあるらしいほうの若者が答えた。「僕たちは客さ」

「これではあまり繁盛していないようだな」

金髪の若者は答える前に少し口ごもった。

「ときにはね……でもたいていは静かだよ……お客もあまり来ないしね……」

「きっと特別すぎる場所なんだろうね、お客は芸術家だけとか……」私は助け舟を出した。

「いいや、まさか」と言って若者は笑おうとした。その歯は真っ白だった。「この地区に芸術家はそんなにいないよ、もちろん僕の主観にすぎないけど」

アルフォンスは先ほどと同じ鋭い笑い声を漏らしたが、慌てて手の甲で隠した。

「弟と僕は引っ越すつもりでいるんだ。本当のところ」彼は何もかもを含む曖昧な仕草をした。「ここは僕たちのいる場所じゃない」

ちょうどそのとき、私は二人が異様なほどそっくりなことに気がついた。双子なのだろうかと考えた。

「それで、どこへ引っ越すつもりなんだい?」

「ニューヨーク。問題は、分かると思うけどお金。今のままじゃ旅費の半分にも足りない。何度か、まあそうしょっちゅうじゃないけれど、泳いでいこうかと考えたこともある。水の夢の意味を知ってる?」

「知らないな」

「僕も。とにかく一夜で大西洋を渡るなんて冗談じゃない。お金ってのはいつだって厄介なもんだ、そう思わない?」

私は返事をしなかった。

「それに、水槽ジオラマに興味を持つ人なんてそうそういるわけじゃない。ときには売れることもあるよ、クリスマスなんかにね、でもお客が何を注文したって僕たちは海底墓地しか作らない。これだけは妥協するつもりはない。そこでお客とのあいだにずれが生じて、まったくもう……人間っていうのはなんて欲張りでなんて無知なんだ」

「哀れだな」とアルフォンスが言った。それから何か呟いたが聞き取れず、ただひとつ「既往症」という単語だけは分かった。

「キリスト降誕の場面を作れなんて注文が来るんだ、笑わせるよね？　戦場だとか歴史の再現ジオラマだとかを注文してくるんだよ、この僕たちに……」

若者の表情は冷静そのもので、緑の背もたれのあるその椅子に鎮座している様子は、自らの喜びと不幸を健気にも抑え込んでいるような印象を与えた。

「どうやら売れ行きは良くないようだな」

「ご想像のとおりだよ。もちろん、全然売れてないよ。なにしろここ数か月で売れたのはそれだけなんだから」彼は軽蔑的と評すべきか親しげと評すべきか分からない仕草で、私が先ほど見学した水槽のほうを顎で示した。「それに〈森〉のオーナーも出来栄えに満足しているとは思えないな」彼は弟を見て笑った。「まったく変人だよなあ、あの『森番』はさ、だろう、アルフォンス？」

「ああ、そうだな」

「膀胱だか前立腺だか知らないけれど、どちらかが悪くてね、おしっこをするたびに恐ろしい思いをしているんだと思う。きっと植民地で何かの病気をもらってきたんだろうな……少なくともその種の悲劇のネタは何だって揃っていて……」

「どうしてニューヨークなんだ、何か特別な理由でも？」

「ああ、ニューヨークね」カフェのオーナーに関する話を遮られたのは彼にとってあまり愉快ではなさそうだった。「強いて言うなら直観ってやつかなあ。ここには僕たち二人のような若者に未来はない。僕たちはシュルレアリストも軍服の連中も好きじゃない。ああいう勢力は遅かれ早かれ、どちらも僕たちを捕まえに来るだろう。実情からすると、すぐにでもそうなりそうだ」

「悲しいのは僕たちが逃げられないってことだ」とアルフォンスが言った。

「そう悲観的になるなよ」と彼の兄が叱るように言った。

「どうせ逃げられないんだよ」アルフォンスがなおも言った。

「馬鹿を言うなって！　もちろん逃げるさ。アメリカの船でね。水槽ジオラマの展覧会をやってがっぽり稼ぐことだってできる……もちろん、船の上じゃなくて、ここで、この地区でやるのさ……それでまずまず名前が売れれば……」

「でも……」

「それに、こういうのが流行することだってあるかもしれない！　そうだろ？」と彼は私を見ながら言った。

「そう突飛な発想でもないな」と私は指摘した。「海底墓地がどれもこれも同じというのでなければの話だが」

「ほ、と、ん、ど同じにする」彼の目は爛々と輝いた。気の強い若者だ、と私は思った。

「でも水槽ひとつ、鉛の人形ひとつすら買う金もないじゃないか」とアルフォンスが消え入りそうな声でぼやいた。

「最後の最後は父さんに頼めばいい」と兄が囁いた。

二人はそれから少しのあいだ、ほとんど聞こえないくらいの声で、姿勢を変えることなく言い争っていた。

ふいに、まるで私たちの話を聞いていたかのように、暗がりからウェイターが姿を現わした。私と同年配の金髪の男で、丈の短いライムグリーンの上着を着ていた。この男の外見が若いアーティストたちとそっくりなのが耐えがたかった。

「ご注文は?」彼はこちらを見ずに当惑した声で呟いた。

「ミントのリキュールを」と私は言った。

ウェイターは頭を引っ込め、姿が見えなくなった。若者が私を見て微笑み、この環境にぴったりの選択だね、と言った。アルフォンスは今にも泣き出しそうだった。

ウェイターがミント・リキュールのグラスを目の前に置いたとき、もう我慢できなくなった。私は立ち上がり、若者たちにさよならを言うと、通りに出た。外は別世界だった。あるいは少なくともそう思いたかった。

二台の車が誰もいない歩道の脇に停まり、その車内はこの世の物理法則の埒外にあったかのように、十五人以上もの人間が下りてきた。乗客たちはみな仮装していて、ぐずぐずと進みながら無人の通りを眺めたり、言葉を交わしたり、何か気が利いているらしいことを言って周りをどっと笑わせたりしながら三階建ての屋敷に少しずつ入っていった。あれほど見事に仮装した人々を見たことがないと今でも思うが、技巧と空想の粋を凝らしてはいても、その衣装から滲み出る品格と悲しみ（もう永遠に失われたことが分かっているもの特有の悲しみ）の感覚にはかなわなかった。

それ以上考えることなく、その家からほどほどの距離を置いて立ち止まり、一行をじっくり観察することにした。ナポレオン軍の元帥、ローマの執政官、中世の騎士が、一人のカトリックの聖女を囲んで熱心に口説いているのが見えた。先頭にはずいぶん年取った男がいて――その皺も変装の一部だった可能性は否定できないが――シナの官吏の仮装をしていた。金の刺繡をあしらった黒い衣装はプリーツとひだ飾りだらけで、背中には龍の紋章が入っていた。一行を率いていたのは間違いなくこのシナの官吏で、ほんの一瞬、彼の言葉がこちらまで届いた。何かを仄めかすような、力強い、それでいて理解不能な人工言語だった。

私のすぐそばで、十五歳くらいの二人の少女が立ち止まってその光景を見つめていた。二人とも教科書やノートを胸に抱えていて、並々ならぬ真剣な表情を浮かべていた。私は微笑みかけるべきだと思った。たぶんその表情が唐突すぎたか、予想外のことだったのだろう。私としては、お互い唯一の目撃者である以上、ある種の共犯関係があってもいいと考えただけだ。確かなことは、少女たちが私の表情に気づくとぎょっとして、私にはよく聞き取れない早口のきっぱりした言葉を交わしながら、すぐさま走り去っていったことだ。私は最悪の事態を思い浮かべ、一瞬、二人を追いかけて、場合によっては二人の住んでいる家の玄関先まで行き、あの微笑みに変な意味はなかった、何の意味もなかったと説明したい衝動に駆られた。しかし諦めた。間違いない、と自分に言い聞かせた。少女たちは私の表情と意図を誤解した、もうどうしようもない。その場を立ち去る前に、あのシナの官吏がこちらを見つめ、獰猛な笑みを浮かべていることに気がついた。荒波のなかで現実世界につながった唯一のイメージだ、と私は思った。

自分で自分が嫌になった。急に憂鬱になってきたが、もう数メートルも歩くとふたたび心が落ち着き、いかなる動揺とも無縁の無時間的な平静さを取り戻した。だが、すぐそこに実体はなくとも執拗な恐怖があることは分かっていた。何を恐れていたのだろう？　物理的な攻撃でないことは間違いなく、それには確信があった。ではなぜ勇気を出して帰宅しなかったのか？　あるいはなぜ、二人のスペイン人がいないかしょっちゅう後ろを振り返ったりせず、ただ歩き回ることができなかったのか？辺鄙な地区や、もう使われていない鉄道駅をあてもなくうろつき、どこまでも続くように見える大通りに入ったり、突然パリのそんな地区にあるとは予想もしなかった空き地に出たりしたあと、ようやく我が家に戻った。

もう遅い時間で、ただ一人階段の暗がりにうずくまっていたのはマダム・グルネルだった。彼女は嗚咽していた。

「マダム・グルネル？」

「……」

「私です、ピエール・パンです、どうされましたか？」

「何でもありません、何でもありませんよ……」

「それなら泣くのをやめて部屋にお戻りなさい」

「ああ畜生、神さま、畜生め……」

近づくと彼女が酔っているのが分かった。甘ったるい強烈なアブサンの匂いが全身を覆っていた。なぜかは分からないが、記憶のなかから、群衆のなかに消えていく二人の少女のイメージが華奢な動物のように飛び出した。それにしても、誰もいなかったのになぜ群衆なのか？　穏やかだが容赦のない悲しみが私の背中を這い上がり、まるでこぶのように、あるいは私よりも無限に賢い弟のように、そこにくっついたまま動かなくなった。

「さあ、元気を出して、一緒に上がりましょう。こんな寒いところにいたら体を壊しますよ」

「わたしは駄目な女ね、ムッシュー・パン、でも聞いて……」

「孤独なのよ、誰に分かるっていうの？　この目を見てちょうだい！」

私は一瞬ためらい、例の少女たちは無人の、理想の、果てしのない道を歩いていた……そのあと私はマッチを擦った。マダム・グルネルの影が階段を一歩一歩上がってきて、踊り場のペンキの禿げた壁までたどり着いた。目の周りにあざができていた。

「何があったんですか？」

「……」

「どれどれ見せて。これは早く部屋に戻って寝たほうがいい。瞼が腫れ上がっている」

「孤独なのよ、ムッシュー・パン」

「殴られたように見えますが」

「違うの……」

「誰かに殴られたのですか？」

「女。わたしは女なのよ。わたしだって人間でしょ？　ごめんなさい。本当にひどい天気ね、雨がちっとも上がらなくて。少し座らない？」

私は階段に腰を下ろした。

「今朝、女友だちが来ていたわよね？　さぞや嬉しいでしょうね。とても綺麗なお嬢さんだから」

「そんな話はできればしたくないですな、マダム・グルネル、今はあなたのことをどうにかしないと……ええ、まあもちろん、たしかに嬉しかったことは……」

「あなたのこと尊敬してるんですよ、ムッシュー・パン、こんなこと言ったって、あなたは絶対に……つまり……アブサンを少し飲まない？　ほら」

どこからかボトルの首を握った彼女の手が現われた。

「いえ結構。それに、あなたももう飲まないほうがいいと思う」

「……」

「私は疲れていましてね、マダム・グルネル、慌ただしい一日だったんです、今日はどれだけ……」

「こっちは一日中ひとりぼっちでしたよ、することもなくて、もう退屈ったらありゃしない。あなた、わたしの家に一度も入ったことがないわね。いつか招待しますから、見てくださいね、埃ひとつ落ちてないんですから……でもそれだってもう飽き飽きしてるの。わたしの部屋はとても狭いから、掃除だって楽なものよ。わたしの小さなお城は」

私はため息をついた。心の底から疲労を覚えた。

「その目につける薬はないのですか？」

「マスカラなら……」

私は微笑んだと思う。幸い、彼女に私の顔は見えていなかった。それは惨めな光景だったに違いない。

「では何もつけずにおやすみなさい」

「こんなの濡らしたハンカチで大丈夫ですよ、まったく男の人って役立たずなんだから」

「いいアイデアだ。さあさあ、もう飲むのはやめて、言うことを聞いて、帰って寝なさい」

「いつかわたしの家に来てくれなきゃ嫌ですよ。今夜はだめ。タイミングが良くないと思うの。でもいつかきっと、あなたの好きなときに。すごく小ざっぱりした家なのよ！」

「きっとそうでしょうね」

「立つのを手伝って……」

部屋のドアを閉める前に彼女は言った。

「面倒かけちゃってごめんなさい。人に迷惑をかけるつもりはなかったんです。ねえ、どうやってこうなってしまったか知ってる？」彼女は片時も離そうとしなかったアブサンのボトルで腫れ上がった目を指した。「踊っている最中に転んだのよ、ここの廊下で、しかも独りで。笑っちゃうでしょ？」

「そうは思いません。踊るという行為は美しい」

「紳士なのね、ムッシュー・パン。おやすみなさい」

「おやすみなさい、マダム・グルネル」

すぐに深い眠りに落ちた。何か夢を見たとしても、忘れてしまうこともできた。ここ最近癖になっているように、遅い時刻に目を覚まし、身だしなみを整えてから、朝食をとりにラウールのカフェに下りた。

食事が出てくるのを待つあいだ、誰かがテーブルに置いていった朝刊をめくって、慌てることなく、何か漠然としたものを求めて、見出しや埋め草記事や写真に次々と目を這わせていった。きっと落胆した表情を見せたのだろう、ラウールがカウンターの向こう側から声をかけてきた。

「悪いニュースか?」

その記事はスペインの戦争について書かれていた。空襲、歩兵部隊同士の交戦、数千人規模の死者、一九一四年の戦争で私たちが見たこともなかった新兵器などについてまとめてあった。

「ドイツ野郎が自分たちの兵器を試してやがる」とラウールが言った。

「でたらめを言うな、連中は大した武器なんて持ってない」カウンターに肘をついてワインを飲んでいた濃い茶色のつなぎ姿の工員が指摘した。

「急降下爆撃が大したことないっていうのか、ロベール? シュトゥーカだぞ!」軍事問題に詳しいラウールが教えを垂れた。「複座単発機、機関銃三丁、千キロ以上の爆弾を搭載可能!」

「その爆撃機が好きでたまらないってわけか」

「もちろん違う! そんなわけないだろ……! だが、知っておくべきは……」

「そんなことを言いたかったんじゃないよ、ラウール。でもあの飛行機を第七の奇跡みたいに言う必要もない。大事なのは人間、大衆の勇気だ」

「戦争はあくまで戦争だ」壁にもたれ白い杖を膝に挟んで座っていた盲目の青年が格言のように言った。「なんなら、ムッシュー・パンに訊くといい」

「そのとおりだ」私は新聞から目を離さずに言った。広告、スポーツ欄、文化欄、芸能欄、ゴシップ欄……

「幸いにも、僕は見たことはないけれど」

何人かが笑った。

「まったく道化者だなあ、ジャン＝リュック、お前さんは本当に道化者だよ」とラウールが言った。

「僕は真面目に言ってるんだ」と盲人は冗談半分で抗議した。

「そのとおりだ」と私は言った。「その点、君はまさに幸運だったよ、ジャン＝リュック。戦争がもたらす光景は……まさにダンテ的な地獄絵だからね。いや、惨めで……そして恥ずべき……問題はだ、いざ戦争に巻き込まれたら、君は盲目のおかげで前線に送られはしないだろうが、どんな戦争にもつきもののあらゆる惨禍を免れることはできないってことだ。実際にはどんな不幸者もさらに不幸になる。君だけに言っているんじゃない、私たちみんなに言えることだ」

「ほら見ろ、ジャン＝リュック」

「もういい」とジャン＝リュックは言った。「分かったことにしてやる」

「兵器開発は日進月歩だ」ラウールが私のテーブルにカフェオレを置きながらぶつぶつ言った。「わしらには宣戦布告あるのみだ。行動を起こすべきだ、行動と断固たる男らしい態度こそが必要なんだ……」

「ところで何が言いたいんだ、あんた?」それまでカウンターの端で目立たずにいた、髭もじゃでごわごわの髪をした小柄な男が尋ねた。「この国の無能な政府は俺たちを今すぐ兵器開発競争に引き込むべきだと言うのかい? 国家予算を注ぎ込めと? 敬愛する我が友よ、ヨーロッパにナチはもうたくさんだ!」

「ナチのことなど何も知らん。わしが言っとるのは、ドイツ人はフランスにとって脅威だ、そしてわしらフランス人も夢など見るのはやめてそれを直視すべきだってことだ」

「フランスのブルジョワだって脅威だ」と工員が割って入った。「俺たちフランスの労働者階級にとってはな」

「ムッシュー・パンは労働者階級じゃない」と盲人が言った。「僕もだ。僕たちには無理なんだ」

「頼むから黙らんか、ジャン=リュック?」ラウールが辛抱強く言った。「ここにいる殿方は祖国の運命について真面目な議論をしようとしているところなんだ」

「ははん、祖国か、麗しの、かの麗しの……」とジャン=リュックは言った。

「いずれにしたって前線で戦うのは貧乏人だ、銃後で苦しむのもな。そうだろ、ムッシュー・パン?」

「将校だって死ぬ人はいるよ、ロベール」

本当のところ、私はそれほど多くの将校が死ぬのを見た覚えはなかった。爆弾、毒ガス、病気が、私たち、農民や労働者や騙されやすいプチブルで構成された臆病かつ凶暴化した部隊に襲いかかってきた。嫌いだ、私は戦争は嫌いだ。二十一歳のときにヴェルダンで肺を二つとも焼かれた。私を収容した医者たちは、私がどうして生き永らえたのかついぞ理解できなかった。意志の力です、と私は彼らに答えた。意志の力が人の生、とりわけ死と関係があるかのように。今では単なる偶然だったことを知っている。それを知ったところで何の慰めにもならない。ときどき、あの医者たちの顔を思い出す。怪物のような緑色（自然な緑色）を帯びた青白い顔に、どんな説明でも受け入れそうな弱々しい笑みが貼りついていた。私の命だ、と私は彼らに言った。医者たちの顔の向こう側には野戦病院のテントの一部が見え、さらにその先に、嵐を予感させる灰色の空のひだが見えていたのを覚えている。

私はそれ以来、ささやかな戦傷者年金をもらいつつ、おそらく自分をかくも平然と死の瀬戸際まで追いやった社会に対する拒絶を表わそうとして、若者の将来に役立つと思えることは何であれ放棄し、神秘学に打ち込むようになった。つまり謹厳実直に、ときには優雅に、一貫して貧しくなることに打ち込んだのだ。フランツ・メスマーの『動物磁気小史』を読んだのはそのころだったかもしれない。それから数週間のうちに私はメスメリスムの信奉者となった。

「メスマーの師匠の名を知っているかい？」と私は藪から棒にラウールに尋ねた。

「いいや」と彼は答えた。

全員が黙り込み、いくぶん訝しむように私を見つめた。

「ヘル……動物磁気を介して病気の治療を試みた最初の人物だ。Hellというのは英語で『地獄』を意味する」それが縁起の悪いことであるとは愚かにも思わずに、私は機嫌よく笑った。「メスマーの師匠の一人は『地獄』という名前だった。どう思う？」

ラウールは肩をすくめた。

「それって冗談？」とジャン＝リュックが言った。

少しのあいだ、誰も一言も発しなかった。青いスカートの少女がドアを開け、彼女とともに一陣の冷たい風が店内に入り込んできて、私たちの目を覚まさせたようだった。私はマダム・レノーの顔と自分のエゴイズムを思い出した。少女はジャン＝リュックの膝にちょこんと腰かけ、彼の耳元で何かを囁いた。おはよう、クローディーヌ、とラウールの言う声が聞こえた。私は彼を目で追った。グラスを拭いているいつもの穏やかな表情には何の変化もなかった。

「あんたはメスメリスムの研究に取り組んでいるのかい？」私のテーブルまでやってきてそう話しかけたのは例の髭もじゃの小男だった。

私は頷いた。彼が取り組むという言葉を使ったのはいい兆しに思えた。

「ではバラデュック博士のことを聞いたことはあるだろうね」

「もちろん。彼の『生命の力』を読んだ」

「面白い」私の隣に座りながら彼は言った。「あんたがヘルの名を出すなんて。これは同時性というものだね……」

「理解できないが」

「失礼。いいんだよ。俺自身も理解してないから。同時性、通時性、曲芸……あんたはヘルが聖職者だったのをご存じだと思うが」

「プロテスタントの」

「動物磁気、あるいは後世にバラデュックが生命の力と名づけたもの、こういうことについて聖職者が果たした役割は大きい。もちろん、バラデュックのそばにも聖職者がいた、フォルタン司祭が……」

「フォルタンか、『砦』というその名前で冗談は言わないほうがよさそうだ」まさに悪い冗談だったが、私たちは二人とも微笑んだ。髭もじゃの小男は感じがよく、自分と話し相手がいい気分になるよう常に気を配っていて、ここ最近出会った相手にしては珍しく、何の敵愾心も抱かせなかった。

「自己紹介させてくれ、俺の名はジュール・ソートロー」

「ピエール・パンだ。同時性について何て言ってたかな?」

「ああ、少し話を急ぎすぎたようだ……同時性、壁の染み、耐えがたいほど忌まわしいメッセージ……とにかく、俺は我らが先達の司祭について話していたわけじゃないんだ」

「君は動物磁気を研究しているのか?」

「どうやらあんたはオリジナルの名称を好むようだね。いやいや、信奉者かと言われたら俺は違う。

読んでいる本のなかにそういうテーマが入ってくるだけでね、早めに断っておくがあくまでお遊びだ、個人的な楽しみ以外の目的はない。科学の本よりもむしろエドガー・アラン・ポーの短篇、たとえば「催眠術の啓示」とかのほうが好きな一介の愛好家なんだ。もちろん、ここ数年に出た科学の本を馬鹿にしてはいない。注意深く探していれば、ときには面白いものも見つかるし……たとえば『人間の魂──その動きと光、および透明な流動体の図像学』を読んだことは？」

「どこかでめくったことはある」

「あれは素晴らしいね、そう思わないか？……《テクストとは別に七十点の写真を掲載》……」

「だが針の現象についてはは論破されてしまった……人の接触なしで感光する写真と同様に」

「人為的な振動で感光するのは不可能だと思うかい？」

「それどころか、それ以上のことが可能だと思う」私は思わず、自分はメスメリスムを科学ではなく人文主義として理解していると言いそうになった。「ともかく、私は原典を読むことに関心があるんだ」

「『惑星の影響』、緊張した音楽が鳴り響くなか、天体がビリヤード台の上を転がるってやつだね？」

「君はメスメリストの著作にずいぶん詳しいな」

「題名だけだよ」と彼は慌てて言った。「バラデュックがいくつか引用しているし、それ以外の道具はベルソの『メスマー、動物磁気、回転台と霊魂』を見れば出ている」

「ああ、たしかに。メスメリスムには神秘のヴェールとみすぼらしい豪華さが永久につきまとうようだ。取るに足らない小道具だよ、君もそう思うだろう、そういう道具の目的はただひとつ、形を捻じ曲げ、隠すこと……」

「あと心霊現象も」

「心霊現象は一種のカムフラージュだ」

「役に立たないと分かったカムフラージュだね。王立医学協会による有罪判決を招くきっかけになり、それによりメスマーは施術を放棄せざるをえなくなった。少なくとも公には」

「本当のところ、あれはいわば催眠術に対する裁判だったんだ。メスマーはほぼすべての病気は神経の不調に根ざしていると考えていた。そして、どうやらこの考えは特定の人物や特定の利益集団に都合がよくなかったらしい。要するに、彼の敗北は最初から決まっていたといえるだろう。王立医学協会というのはいつだって容赦がないから」

「しかし、一八三一年に医学会は動物磁気理論について好意的な立場を表明している」

「ああ、だがそのころメスマーはもう死んでいたし、彼の後継者たちは、君が言ったように真実よりも心霊現象のほうにばかり気をとられていた。それに、一八三七年には有罪が最終確定する。そのあとでバラデュックが出てくるわけだが。こういうのはどれもみな、ある種の人形芝居なのさ。考えてもみたまえ。病気、あらゆる病気は神経の不調によって引き起こされる。前もって冷酷に仕掛けられ、用意された不調。では仕掛けたのは誰か？　患者自身、環境、神、あるいは運命、何だってありうる……催眠術はこの順序を逆にして治療へと導くというわけだ。いわば忘却。少し考えてみたまえ、導かれた苦痛と忘却、そのあいだに我々がいる……」

「文字どおりのユートピアだね」

「邪悪な妄想だ。十八世紀のその種の医者やまじない師のことを考えると、共感を覚えずにはいられない。虚ろな共感と言ってもいいが、それでもやはり共感なんだ。実は私もユートピア主義者なんだが、彼らと違って行動しないユートピア主義者だ。私にとってメスメリスムは中世の絵画なんだ。美しいが役には立たない。時代遅れ。囚われたもの」

「囚われたもの？」

私は少しのあいだ口をつぐみ、いわば静けさのなかで口をつぐみ、テーブルの輝く表面を見つめた。

魅惑、恐怖、と私は思った。そしてこの私は、記憶力のいささか劣るテンプルトン博士というわけだ。

「なぜそう言ったのかは分からないが……囚われの身……囚われたイデア……時のなかに囚われたと言いたかったんだろう」

「あるいは誰かに囚われた」

「ヘル神父に？」

根強い羞恥心が邪魔して私たちは笑わなかった。

カフェを出ると外は雨だった。目に見えないほど細かな、ほとんど空気でできていそうな霧雨だった。寒さに震えた。その直後、まだカフェの敷居をまたぎ切らないうちに、何かの吠える声が聞こえた。オオカミの吠え声のようだった。きっとただの犬だったのだろう。私はその場に佇んだ。通りは異常なほどに虚ろだった。さっきのは、こちらを威嚇するように建ち並ぶ建物のどこかで普段はそこにいない住人が吹き鳴らしたホルンの音かもしれないと思った。孤独で神経質な音楽家。神経衰弱ぎりぎりの外国人音楽家（北極出身かと考え、アフリカ出身かと考えた）。ドアのガラス越しにカフェの内側を見回した。ソートローは同じテーブルの前に座ったまま、先ほどまで私がめくっていた新聞をぼんやりと眺めていた。めくるたびに紙が彼の髭の端をかすめた。ラウールはカウンターから身を乗り出して、抱っこをねだるように両手を突き出している少女の言葉に熱心に耳を傾けているらしかった。他の連中は、おそらくスペインの戦争か自転車レースについて話しているらしかったが、一言も聞き取れなかった。コートのボタンを首元まで留めた。永遠に思われる数秒が過ぎたのち、また吠え声が聞こえた。音楽家の（もはや音楽家であることに間違いはなかった）意図は容易に解釈することができた。格天井に跳ね返って家々の閉じた窓に反響する、くぐもった、同時に引き裂かれてもいる音。ほんの一瞬で無人の通りを拭い去る音。ホルンの音のように。でもホルンではなかった。私は漠とした無益な哀れみを感じた。体は凍えていた。

午後三時五分前、アラゴ診療所に着いた。訪問者は診療所の奥へ通じる二重扉をくぐる前に、自分の名前と面会する患者の名前か病室の番号を記入する規則になっていた。この決まりに従ったあと、受付から離れようとしたとき、看護婦が私を呼び止める声が聞こえた。

「あなたは入れません」と告げられた。

最初は聞き間違えたか何か誤解があったのかと思い、自分の名とムッシュー・バジェホの名をもう一度伝え、前日すでに面会していること、今日は彼の妻に請われてここに来ていることを付け加えた。後者を特に強調した。看護婦は少しためらったのち、私を面白そうに眺めた。彼女は引き出しから分厚い用紙を一枚取り出してそれを二度読み、そのあとすぐに元の場所にしまいながら、頭をゆっくり振って拒絶を示した。

「ムッシュー・バジェホにはどなたも面会できません」彼女は嘘をついた。「命令なんです」

「でも私を待っているんだ」

「日を改めてお越しになっては」彼女はあまり自信なさげに仄めかした。

「マダム・バジェホのたっての願いで来ているんだ。今頃は病室で、夫に付き添っているはずだ。私が来たと伝えてくれたまえ。会わずに帰るわけにはいかない。頼む……君の寛大さにすがるしかないんだ……」

私の懇願に心を動かされたのか、看護婦は一瞬ためらった。だがすぐに、先ほどまでの断固たる態度を取り戻した。

「無理です、医師の命令ですので」彼女はまるで神の名を出すように「医師」と言った。

「どの医師？」

「分かりません、ここでは誰と特定しません。ですが、この種のことは医師しか命令を下せません。ご存じのとおり」

私はいらだって両手を突き出した。

「先ほどの用紙を見せてもらえますか？」

彼女の顔にイタチのような笑みが浮かび、私は決して用紙を渡してもらえないことを悟った。

「無茶を言わないでください、規則に反することですよ。命令は明かせません、でもわたしが嘘をついているとでも思うなら……」

許可があろうがあるまいがこのまま廊下を突っ切ってもいいかもしれないと考えたが、あまりに信じがたく、予想もしない事態だったので、受付カウンターに磁石のように貼りついたまま動けずにいた。私は別の手段に訴えることにした。

「マダム・バジェホを呼んでもらえるかな？　ここで待つから」

「ですから申し上げたとおりです。上からの命令ですのでどうしようもありません」彼女の顔が蒼白になり、制服と同じような乳白色を帯びていった。

私はなおも食い下がった。

一瞬、彼女のほうが折れたと糠喜びした。看護婦は待っているようにと言い、その瞬間まであるとは知らなかった背後の壁の隠し扉を開け、さっと姿を消してしまった。長方形の赤っぽい暗闇の空間が一瞬見えたのみで、隣部屋はまるで現像室のような場所らしかった。彼女は出てくると、背の高い金髪の、ボクサーのような陰気な顎をした助手の男を従えていた。

いまや看護婦は生まれて初めて主役に抜擢されたかのように見えた。

「この方を出口までお連れして」と彼女は助手に命じた。

私は言うべき言葉が見つからなかった。

金髪の男はカウンターをぐるりと回って私のところまで近づいてくると、おとなしくしろ、ついてこい、とがさつなブルターニュ訛りで言った。

私は助手を精一杯無視しようとした。うまくいかなかったようだ。

「これはどういうことだ?」と口ごもりながらどうにか言った。

看護婦はデスクの前に座って分厚い入出者記録をめくっていた。

「落ち着いて」と彼女は私を見ずに言った。

そのあと帳簿から目を上げ、鋭く言った。

「さっさと出ていきなさい、二度とこの場所に足を踏み入れないで」

当初は困惑したまま、きれいに諦めて帰る気にもなれず、そうかといってあの看護婦ともう一度口論するだけの気力もなく、どうにかこうにか数区画を歩いてから、診療所の正面玄関が見えるレストランに立てこもって待つことにした。

私としてはそこでマダム・バジェホが出てくるのを待ち、すべてを話すつもりでいた。午後六時、私の希望は萎み始めた。午後八時、まだ店にはいたが、単に惰性からだった。マダム・バジェホがついに出てきたとしても——もはやそれも疑わしかったが——あたりが真っ暗な今では見分けがつきそうもなかった。

午後九時、店をあとにし、マダム・レノーに電話することにした。彼女の電話番号が手元にないことが分かって舌打ちをした。いったん帰宅し、手帳を探し、もう一度家を出て電話を探さねばならない。

タクシーをつかまえた。ドアのハンドルを握ったとき、背中を強く叩かれたような、偶然何かに押されたような気がした。私を叩いた男は片方の眉に絆創膏を貼っていて、その下の肌に縫合跡がいくつか見えていた。

「俺が先に見つけたんだ」と男は言った。水を口いっぱいに含んでいるような話し方だった。二人のどちらを乗せるつもりか運転手を見やったが、彼はただ肩をすくめた。こちらで解決しろということか。眉の裂けた男は待ち構えていた。私は背中を叩かれたことは忘れて、言葉を慎重に選びながら、あなたは間違っている、私より先にこのタクシーを見つけられたはずはない、そもそもタクシーが停まったとき、あなたはこの付近におられなかったではないか、などと言った。

男は返事をしなかった。

「しかしながら」と私は続けて言った。「喜んでお譲りしましょう」

男は返事の代わりに両手で私の袖口を摑むと、私の体を宙に持ち上げた。

「厚かましいユダヤ人めが」男は考え込みながら言った。「俺が先に見つけた車だろうが」

それから考え直したかのように私の体をどさっと放り投げると、静かにタクシーに乗り込んだ。

「待て」と私は地面から怒鳴った。

屈辱も怒りも、この種の出来事がふつう引き起こすであろう感情は一切湧いてこなかった。私は理不尽にも彼を引き留め、話をし、たっぷり凄んでいた彼の顔を仔細に観察し、どこの生まれか、仕事は何をしているか、面会の用でもいいからアラゴ診療所に行ったことはあるか、確かと呼べる情報なら何でもいいから何か知らないかと尋ねてみたかった。突然、それまでにない疲労と孤独を覚えた。

それから遅れて怒りがこみあげてきて、仕返ししてやるという邪な思いを胸に、力を振り絞って立ち上がった。タクシーが動き出す前に後部座席のドアを開け、私を襲った男の平然とした顔が横から見えたが、ちょうどその瞬間、車のタイヤが私の片足の甲の上をゆっくりと通過した。

「くそったれめ」タクシーが通りを遠ざかっていく間、私は恥じ入りながら罵倒の言葉を浴びせた。片膝を地面につき、愚かしくも何気ないふりを装って靴の上から爪先に触れ、そのあと試しに歩いてみたが、痛みはなかった。

午後十時半、煙草の煙と酔客でひしめくカフェからようやくマダム・レノーに電話をかけた。誰も出ないと予想してしかるべきだったが、十五分ごとにかけ続け、夜の一時までかけたが、つながらなかった。

明らかにマダム・レノーはその夜は自宅に戻らない様子だった。となれば、どこか別の場所で夜を過ごそうとしているのも明らかだ。どこで？　誰と？　この問いは無意味なばかりか辛いものだったので、私は自分で自分を無様に思い、自分だけでなくたまたまテーブルに居合わせた客たちの目にも憐れに映る人間であるような気がした。いつからかは覚えていないが、私は電話をかける合間に、泥酔したまま夜を明かそうとしていた三人の若者と話し始めていた。彼らは印刷所の工員で、女と政治について話していた。俺たちは哲学してるんだ、と言っていた。いったいどうして彼らが私をテーブルに招いてくれたのか――あるいは私が彼らを自分のテーブルに招いたのか――は分からない。というのも、私は滅多に口を開かず、彼らが恋愛や女やスポーツや大物から小物までさまざまな泥棒について話す内容にも、ほぼ常に相槌を打つ程度だったからだ。とはいえ、カフェが閉店したときには、彼らについていくのが自然なことに思われた。

どれくらいの時間が経過したのか、どのくらいはしごしたかも分からない。覚えているのはダンスホールで泣いていた赤毛の女の顔、燕尾服を着た老人の真新しい入れ歯の笑顔、あるバーの板張り天井、猫たち、ゴミバケツ、子供か猿の影、ファシズムと戦争に関する断片的な言葉、そして手書きのポスターには次のように書かれていた。

ルル
逃れられない
孤独
牛の角
セックス
本当の

「牛の角だって？　闘牛の角か！　でもそりゃスペインの牛だろう！」と若者の一人が言った。

「ルルはどんな男の角も立たせる」彼の仲間があくびをしながら言った。

いつの間にかみんな泥酔していて、誰かが怪しげな賭博場へ行こうと言い出した。確証はないが、モンマルトルの路地と、姿を決して見せない人影が私たちのためにさっと開けてくれたいくつかのドアをぼんやりと覚えている。時刻を確認し、財布を調べ、引き返そうかと思ったが、結局そうしなかった。ふと気がつくと、悪臭の漂う閉め切った部屋で、天井からゆらゆらとぶら下がる電球がかろうじて照らし出すなか、輪になった賭博師たちの前に座っていた。怒鳴り声や泣き声が聞こえたが、何のゲームなのかは知りたくもなかった。もと来た道を引き返そうとすると、先ほどと同じ人影がドアを開けてくれた。最後のドアの前で立ち止まった。そのとき、私の案内役が煙草をつまんでいることに気がついた。煙草の火と彼の上着のボタンが、まるで手の届かない星のように瞬いていた。

「名前を教えてくれるかい?」

「俺かい?」人影が震え、甲高い声が響いた。

「そうだ」

「モアメド……」

「ねえ、モアメド、今あの部屋では何をしているんだ?」今しがたあとにした場所を漠然と指差した。

「ゲームをしてるのさ」彼はほっとした様子で、まるで子供相手に話すように言った。「淑女と肉屋のゲームだ。ポルノだよ」

「ポルノ?」

「どうして見ていかないんだ? 俺も全部は見たことがないんだ、いつも何かしら用事があるから。ドアを開けて、ドアを閉めて、紳士連中をなかに通して案内する。でも連中は雌鶏を解体してるんだと思うな。血が流れてるから。それから女の写真を撮る……けっこうな眺めだろうよ、間違いない……女は素っ裸で周りに小動物の死骸が転がってるってわけさ……明け方にそれを全部片付けるのが俺ってわけだ……水と洗剤で……」

そんなものは見たためしがなかった。嫌な予感がした。モアメドに待っているように言い、来た道を引き返した。部屋のドアを開けると、うっすら照らされたステージだけがあり、そこで一人の黒人の男が古いピアノの鍵盤を指一本で叩いていた。どのテーブル席ももぬけの殻で、客や賭博師は皿やグラスを散らかしたまま慌てて帰ってしまったかのようだったが、ひとつだけ真ん中のテーブルで、数人の男と、まだ二十歳にもならない女の子が一人身を寄せ合って、何かのカードゲームをやっていた。そのなかに例の印刷所の工員が一人混じっているのが分かった。髪は乱れ、目を異様に大きく見開き、まるで見えない手に首を絞められているみたいだった。私は音を立てずにドアを閉めた。モアメドがすぐそこにいた。私はぎょっとして飛び上がった。

「何かを怖がってるのかい、ムッシュー？……俺で役に立てることなら……」

「怖がるって？　何を？」

アラブ人の歯が暗闇のなかで光った。

「何だろうね……世の中は恐ろしいことだらけだから……」

「恐ろしいから危険とは限らない」と私は言った。

「失礼、誤解したみたいで……」

「出口に案内してくれ」

「ところでムッシュー、あんた、ドアを間違えてるよ……例のショウはあの部屋じゃない……」

「どうでもいい……もう帰るよ」

「こっちだよ、ムッシュー、後悔はさせないよ……立派なショウだよ、そりゃあ上品なもんだ、雌鶏の淑女を見れば、体の内側から叫びたくなるぜ……」

「帰ると言っただろう」

彼は私を見つめてまた微笑んだ。私が彼が病んでいることに気がついた。

「あの淑女は見ものなんだがね……いっぱしの男なら……あんたなら分かるだろう……」

私は返事をしなかった。どこかでベルが鳴った。アラブ人は鼻っ面を上げて廊下の匂いを嗅いだ。目を覚ましたみたいに見えた。

「分かったよ、ついてきな」と彼は言った。その表情はいまや、さもしく恨みがましいものになっていた。

ふたたび果てしない数のドアをくぐった。どうやら興奮しているらしい人々の怒鳴り声がくぐもって聞こえた。何に拍手を送っているかは想像がついた。私の隣ではアラブ人がふたたびかいがいしい顔の見えない人影になっていた。最後のドアまで来ると、私は彼に何枚か硬貨を渡した。彼は感謝の言葉をそそくさと吐いてドアを閉めた。そのときになって初めて私は自分が通りではなく、巨大で古びた産業倉庫のような場所にいることに気がついた。屋根の一部が欠けていて、そこから星空が見えていた。

暗がりのなかを手探りで引き返したが、ドアは見つからなかった。一体全体、どこに放り込まれたのか？　見当もつかなかった。

倉庫は自らの崩壊過程のどこかで静止してしまったように見えた。マッチを擦ってみたが、はっきりと見えたものは、私の好みからすればあまりにも青白く、あまりにも確かな自分の手だけだった。辺りには不穏な何かを予兆させるとしか思えない空気が漂っていた。おそるおそる足を踏み出して、地面の様子を確認した。どこかに出口があるはずだった。

マッチが消えたのでもう一本擦った。すると倉庫の奥に、高さ三メートルほどの、嘘みたいな羽のついた風車そっくりの鉄製の機械が見えた。その周りにはほかにも、錆びてはいるが頑丈そうな金属の機械がいくつか突き出ていた。そこは間違いなく使われなくなった廃棄物の保管庫だったが、それらがかつて有していたはずの機能や用途は私にはさっぱり分からなかった。いくつかの家庭用品だけは、時間の経過で完全に形が歪んでいたものの、どうにか見分けることができた。私の足取りは少しずつ確かになっていった。廃棄物はどれも打ち捨てられてはいたが、ある種の秩序をもって積み重ねられていて、旧式の屋外コンロや、金属製のアイロン台、大きなブロンズの壺や腐った木製の櫃などの列のあいだの狭い通路を伝い、自由に移動できるようになっていた。少しすると、それらすべての通路が倉庫の中心に向かっていることが分かったが、逆にその中心部にある廃棄物はまばらで広い空間が残っていて、もっと明るければ倉庫全体を見回せそうだった。

私は叫んでみた。

意外でもなかったが、その声は虚空に石を放ったかのごとく不用品の山にかき消えて、何のこだまも返ってこなかった。こちらの呼びかけに応えて見張りか夜警が駆けつけてくるかとも思ったが、すぐにその考えを却下した。

諦めて、朝まで過ごす場所を探すことにした。その奇妙な墓地を睥睨する例の風車のそばに浴槽か大樽のようなものがあって、麻布で覆ってみるとそれほど居心地が悪そうでもないことが分かった。それに、夜明けまではそう長くないだろうとも思った。

眠りに落ちる前にマッチをさらに二本擦った。我が即席ベッドから数メートルのところにはさまざまな農耕器具があった。タールのように分厚い泥で覆われたシャベル、鎌、つるはし、ハンマー、熊手、青と金の馬具、ガラスの割れた石油ランプ、斧、一枚の厚板を立てかけてきれいに並べられたいろいろな大きさの暖炉用火掻き棒。理想的な農家の道具一式。

夢にしばしば登場する顔（というかそれらの顔の重みと言うほうが適当かもしれない）がすでにちらついていたので、その音に目を覚ましたときには、もう眠りかけていたことが分かる。水がほんの一滴落ちるほどの音だったが、私の意識の中心で響いた。両目を開け、恐怖を感じることなく、私は待った。

先ほどの水滴の音、完全に同じではないがそっくりな音が、ほとんど私の正面まで伸びている右側の黒っぽい不用品の列を縫って壁にぴたりと沿うかのようにふたたび鳴り響いた。私は音を立てないよう用心しつつポケットからマッチ箱を取り出し、一本抜き取ると、火をつけずに、まるで武器かお守りのようにして指でつまみ、好奇心が湧いてくるのを待った。

私のなかに不当にも恐怖と呼べる何かがまだ残っていたとして、その恐怖は、何がその音を発しているのか間違いなく分かっていることから来る宿命論者特有の落ち着きと、何の目的でその音を発しているのか調べる真似はすまいという諦めに似た決心に呑み込まれて消え失せたということを断っておかねばならない。明らかなことがひとつだけあった。その音は私のいる場所へ向けて転々と移動していたのだ。私は思った。今は壁に沿って動いているが、少しすれば壁から離れて私がいる中央の空間まで来るだろう。一番ありうるのは私のそばまで来てからまた離れていくことだが、そのまま私を無視して進み続け、あとでふいに背後から――避けがたくも――襲いかかってくるという可能性もなくはなかった。

今だから言えるが、私は一瞬、自分の弱さに屈した。その状況が耐えがたいものに思えてきて、マッチを擦ってそれまで感じ取っていた周囲の情景を実際に照らし出してみようとした。暗闇はあまりに薄く、音の移動する間隔はあまりに規則的で、浴槽はあまりに冷たくなり、棺を思わせるまでになって、私がわずかでも体を動かせば、例の音と倉庫全体から生じるあの不幸な一貫性、あのねじれた明晰さに亀裂が生じていただろう。しかし私は微動だにしなかった。

そのままの姿勢を続けていれば脚がつってしまいそうな気がした。食道の辺りで何かが焼けるような感覚がした。目が痛かった。

ふいに音が壁から離れ、がらくたの隙間を進み始めた。そのままやってくれれば私の右側に姿を現わすだろう。私はできるかぎり横に体を曲げ、うなじを浴槽のカーブした縁に預け、脚を引き寄せ、音が現われるはずの場所にじっと目を凝らした。面白いことに、私のあらゆる感覚は、恐怖や戦いや啓示にではなく、より芸術的な関心から、待ち構えている影が現われるはずの完璧な形に区切られた空間に注がれていた。

足音の間隔がだんだんと広がり、クローゼットと思しき家具の周りを迂回し、それから衣擦れの音が聞こえ、やがて何も聞こえなくなった。

暗闇のなかで何かが震えているのを感じた。自分が見られているのが分かった。三つ数えてマッチを擦ろうとしたが、もはや指のあいだにないことに気がついた。起き上がろうとした。私の両腕は音も立てずに浴槽の内側で滑った。理想的な犠牲者の姿勢で浴槽の底で体を丸めると、別のマッチを探した。コートのポケットのどれかにマッチ箱があるはずだったが、見つからなかった。ようやく見つけた弱々しい明かりをかざして身を乗り出してみた。誰の姿も見えなかった。

浴槽からほんの十メートルほどのところに仮に誰かがいたにせよ、私の視界には入ってこなかった。

見えてはいないものの、そこに誰かがいるのは分かっていた。そいつのしゃっくりが聞こえた。はっきりと。痙攣するような不快な音を立てて。

「バジェホ?」私の呟きは唇からほとんど出る間もなく立ち消えた。

返事はなかった。

影はまたしゃっくりをし、私はまるで渦巻きのなかに頭を突っ込んだかのように、その音が自然に出たものではなく作り物であること、誰かがそこでバジェホのしゃっくりの真似をしているということを理解した。でもなぜ？　脅すため？　警告するため？　からかっているのか？　ただ得体の知れないユーモアと侮辱感に動かされているだけか？

来い、と私は思った。こっちへ来い。

どれくらい待っていたかは分からない。

少しして、そいつがそれ以上は進もうとしていないことが私にも分かった。

最初はこわばっていた静寂もやがて正常に戻った。

私は二度立ち上がろうとしたが、いずれも足を滑らせた。運命は私にいかなる危険も冒させたくないようだった。屋根の隙間から空の色に変化の兆しが見え始めていた。もうじき夜が明ける。いつだったか、たぶん最後にもう一度浴槽から脱け出ようと試みた際に、一度だけ「あい」だか「ああ」だか、助けを求めるというよりいらだったうめき声を上げた。

手足は痺れ、首にはしつこい痛みが残り、ひどい二日酔いとともに目を覚ました。時刻は午前十一時、屋根の隙間から透き通った埃が舞い落ちていたというか舞い上がっていた。倉庫は静まり返り、不要品の数々は忘却の気配に執拗に守られ、人の手どころか、今や光までもが彼らを避けて降りていた。出口を見つけるのに難儀した。ドアノブもない扉を開けると、外には砂利道があり、両側には見捨てられた花壇があった。朝が、空の背中が、今にも砕け落ちてきそうだった。それはある意味で慰めになった。私も同じ気分だったからだ。左手に閉ざされた金属製の扉が見えた。そのそばには、もう何世紀もそこで待っていたかのような小さな木箱があって、私はそこに腰かけた。深く息を吸った。胸の内に、この数時間のうちに体験した逃避や失望、夢や妄想のイメージが去来した。終わったんだ、と私は声に出して言った。どこにも辿り着かない二輪馬車の旅はもう終わりだ。パリの空は前の日よりも澄んでいたが、かつてなく忌まわしく見えた。暗い穴の上に吊り下げられた鏡みたいだ、と私はひとりごちた。しかし我々にはそれを確かめる術はないのだろう。解読しえない言語なのだ。壁に向かって長々と小便をした。疲れ切っていた。広すぎる迷宮のただなかで独り、孤独に呆然としている自分がそこにいた。どうすればいい？　震えているのが自分なのか、空なのか、分からなかった。

その直後、私はクールセル大通りへ向かうタクシーを探して道端にいた。だらしない身なりと皺だらけの服、無精髭を意識しつつ、呼び鈴を鳴らした。待っているあいだに髪の毛をもう一度なでつけた。右足の指が痛んだが、タクシーのタイヤに轢かれたときに骨にひびでも入ってそれが痛み出したのか、あるいは浴槽のなかで曲げすぎたせいなのかは分からなかった。

ドアは音もなくゆっくりと開いた。なかから（カーテンが引いてあったに違いない）鷲鼻がにょきっと突き出し、続いて七十近い女のしなびた蒼白な顔が現われた。私と同じく眠れない夜を過ごしていたか、さっきまで泣いていたようだ。私はマダム・レノーはいるかと尋ねた。相手は私が何を言っているのか分からずにこちらを見つめ、何か言い訳めいたことを呟くと、そっとドアを閉めてしまった。私はもう一度呼び鈴を鳴らした。

老婆は間髪入れずにドアを開けた。

「マダム・レノーは不在だよ、わたしは母親のマダム・レノー、あんたは?」

彼女の目は青く、声は震えていた。何年も昔は美人だったに違いない。今はただ怯えているようだった。

「私の名前はピエール・パン、マダム・レノーの友人です」若いほうの、と頭のなかで思い、ついヒステリックな笑いを漏らしそうになった。「とても大事な用があって彼女に会わねばならないのです」

私の言葉に彼女はかすかな笑みをこぼした。もしかすると遠い世界や恋愛や船旅を懐かしんでいたのかもしれない。

「だったら一週間後に来てもらわないと」と彼女は言った。

たぶん私がかなり驚いた顔をしたのだろう、老婆はぎょっとして後ずさりした。

「リールの叔母さんの家に行ってるんだよ」と彼女は玄関ホールの暗がりから叫んだ。続けてなおもその暗がりから、すべての訳を明かすかのように、こう呟いた。

「わたしはあの人の死んだ夫の母親だよ」


午後一時に帰宅した。洗面器に水を満たして上半身を洗った。前腕と両腕と首と脇腹を赤くなるまでごしごし擦った。その後、新しい服に着替えてまた出かけた。切迫した直観というより何か連帯意識に近いものが、これ以上時間を無駄にできないと私に訴えていた。

クールセル大通りのマダム・レノーのアパートまで引き返した。老マダム・レノーは先ほどより明るく見え、私の子供じみた言い訳も冷静に受け止めてくれた。いえいえ、マダム・レノーは今日ではなく昨日の晩発ったんだよ。落ち着かない様子だったとまでは言えないけど（否定もできないけど）、いつもと同じ感じだったよ、どこかよそよそしい娘でね、あんたも知ってのとおり、若くして未亡人になって、つまりあんな歳で不幸を味わってしまって。ほんのわずかに開いたドアの向こうの玄関ホールから老マダム・レノーは言い続けた。大慌てで荷造りをしていたよ、リールから電報が届いてすぐに出発したってわけ。そう、電報はあの子が持っていったよ、と彼女は不審そうに眉をひそめた。わたしが人様の手紙を覗いたりするとでも?

面会はほんの数秒で打ち切られた。通りに戻ると、最初に見つけたカフェの公衆電話を借りて、マダム・レノーの番号を回してみた。誰も出なかった。ワインを飲みながら、可能性は二つあると考えた。老マダム・レノーが普段から電話を取らないことにしているか、マダム・レノーから教えてもらった番号があの家のものではなかったかだ。なぜかは分からないが、私は何の憚りもなく(つまり拡大解釈をしつつ)後者の説を選んでいた。マダム・レノーの家には電話がない、ということは、私が彼女から教えてもらい、何度もかけて、その都度マダム・レノー本人と話をすることができたあの番号は、実は彼女の家のものではなかったわけだ。それなのに彼女はそれを「私の家の電話」と言っていた。他の人にとっては些細な出来事かせいぜい一種の謎かけにすぎないであろうが私にとっては自分の忍耐に打ち込まれる釘のごときこの問題に加えて、今回の我が友人の奇妙な予想外の旅である。彼女がマダム・バジェホの夫の健康をあれほど気にしていたことからしても、出発を知らせる言伝てひとつ私に残さなかったことを考えても、考えられない出来事だった。

これら一連の展開に頭が混乱したまま、私はその同じ電話からムッシュー・リヴェットに連絡した。なぜそうしたのかは分からない。私は未知の衝動に身を委ねていた。ぼんやりとした怒りを覚え、騙されたというかすかな感覚が、まるで剝製師のように私を内側から少しずつ無感覚にしていった。

「ピエール・パンです。ややこしい事態になりまして」

「……」

「いったいどうすればいいのか……きちんとつかめなくなってきたのです……現実というものが……」

「……」

「なぜあなたに電話したかも分からないんです……いったい何がこの関係を切らさないように私を動かしているのか……まったくの不毛に終わった時間の残滓でしょう、もっとも、我々はそれをすでに見越していましたよね？……数日前の夜、あなたの夢を見ました……とても年老いて見えた、実際のところ今のあなたと同じくらい老けていて……皺だらけで、不安げで……でもそこは一九二二年で、他の連中もいた、お分かりですよね……どうして彼らのことを考えてしまうんだろう？……亡霊みたいな連中……」

「……」

「あなたはあちこち見回していた、でも目だけを動かして、まるでチック症にかかったか、誰かにじわじわと喉を絞められているみたいで……あまり心を落ち着かせる光景ではなかった……あなたは部屋に隠れている誰かを探していたのか？……何かの言伝て、確信を持った言葉か……分からない……今朝、そう、今朝はひどい朝でしたよ、我々はみんな死ぬべきなんじゃないかと思ったんです……あなたも私も、他にもある意味で旅の仲間と呼びうる全員がね……魔法使いの弟子たちか……冗談としては悪くないが、そうじゃない……唯一の隠れ処は天井だった……蜘蛛だったのか？……我々を部屋の四隅から見張っている奴らがいるのをあなたはご存じだった……私はそれに気づいて怖くなった……」

「……」

「天井に隠れている誰かが私を指差していたとしても同じことだった……なぜ私なんだろう？……」

「……」

「私は誇張してはいません、夢に誇張はないのです、私はやけになっているんだ……何か異常なことが起きていると思っているからではなくて、自分があらゆるものを失いつつあるような気がするんです……」

「……」

「あらゆるものとは何か？……わずかばかりの、無きに等しいものですが、前は気づきもしなかった……」

「……」

「こんな電話をしてすみません……もうよくなりました……」

「……」

「共感？……私があなたに抱くのは死刑囚が他の死刑囚に対して抱く共感だ……分かりますか、何年もかけて私たちの行き着いた先がこれなんです……笑ってしまいますよね……あなたに電話して、こんなひどいことばかり言っている……許してください……バジェホは殺されると思います……私の患者……なぜ分かるのかなんて尋ねないでください……どうにも説明のつかないことなんです……」

「……」

「私たちはみんなこの地獄に引きずり込まれている……」

「……」

「さようなら、あなたは私に一度も危害を加えなかった……だが、ためになることもしてくれなかった……」

「……」

「……」

電話を切った。私が横柄なやり方でムッシュー・リヴェットと決別したことは、彼にとっても私自身にとってもまったくの予想外だった。にもかかわらず私は気が晴れ、心が軽く清らかになった。正直に言うと、電話を切ったときは、笑いをこらえるのに必死だった。

敬愛すべき哀れなムッシュー・リヴェット、彼には何の罪もないが、だからと言ってどんな色にも染まっていないとか、あの歳になって一切手を汚していないと断言することはできない。実際のところ、リヴェット爺さんをどやしつけて正解だったのだ、と私は腹黒い満足感を覚えながら思った。そしてそのど
やしつけるという言葉のところで立ち止まった。おかしな話だが、災いとはそういう言葉の背後に潜んでいる。そのとき私は、迷宮というものを前にした態度だけでなく、ともに傍観者であ

るという状況において、老リヴェットと自分がそっくりであることを理解した。

ふたたび自分自身の問題について考え込みながら、しかしすでに気分がよくなった私は、料理が素晴らしいので有名で、私もときどき通っている安いレストランに入り、目を曇らせる怒りや恨みの感情を一切忘れて、ますます思考にのめり込みながら昼食をとった。

せいぜい自分にできるのはいくつかの問いを立てることだった。マダム・レノーはリールで何をしているのか？　あちらでの滞在はバジェホの件と関係があるのか？　彼女にあれほど慌ただしく出発することを強いた電報の内容はいかなる脅しや約束だったのか？　倉庫での体験をどう呼べばどう理解すれば――いいか？　神経の不調がもたらした幻覚だったのか、それとも不可解に思える動機から現われた亡霊だったのか？　偽のしゃっくりは誰かの悪戯だったのか、あるいは何かの予兆なのか？　バジェホが殺されようとしていると私は断言した。自分で本当にそう信じていたのだろうか？　私はナプキンを口元に当てて目を閉じた。そう、私は信じていた。

あれこれ思案していたせいで、食事の時間は普段より長引いてしまった。そのときふと、ガラス窓の向こう、私の目の前の歩道をあのスペイン人の一人、痩せたほうの男が何食わぬ顔で歩いているのが見えた。心臓が胸から飛び出そうだった。自分の目が信じられなかった。テーブルに札を何枚か置くと、店を飛び出した。

最初は三十メートルほど間を置いて尾行し始めた。スペイン人は両手をポケットに突っ込み、それほど速すぎない足取りで歩いていて、まるで散歩でもしながら、それほど時間はないのに周りの景色を楽しんでいるかのようだった。私は二つのことだけを願った。男が振り返って私に気づいたりしませんように。もしそうなれば、こっちとしては何を言えばいいか分からないだろうから。そしてあまり尾行が長びきませんように。体がこちらの言うことを聞かなくなり始めていると感じていたからだ。

ほんの数秒と経たないうちに私のやる気は消え失せた。通行人たちからじろじろ見られたのを覚えている。寒い日なのに顔が汗だくになっていた。スペイン人の首筋辺りをぼんやりと覆っている靄が、私自身の疲労に対するもっとも残酷な意見に思えた。

痩せた男がどこをも目指していないことがすぐに分かった。颯爽と歩いてはいたが、それはいつもの彼の歩き方だった。実際、彼がしていたのは、片時も後ろを振り返ることなくショーウィンドウや建物の正面を眺めながら歩くことだけで、まるで一度見れば自分の見たものが正確かつ永遠に記憶に刻まれるとでもいうかのようだった。いっそのこと追いついて問い詰めたほうがいいのではないかと考えた。この尾行があとどれだけ続こうとも、やがてはそうせざるをえなくなるだろうと思った。

ふと気がつくとオースマン大通りに入り込んでいたが、どうやってそこまで来たのか思い出せなかった。アラゴ診療所の螺旋廊下と、虚空を見つめていたルジャール医師の角張った顔をふたたび見たというか予感した。ぼんやりした頭に元気を取り戻した。

スペイン人が歩く速度を緩めたのが分かった。プロヴァンス通りに入ったところで、私はわけもなく、男がシナゴーグに向かっていて、そこで立ち止まるだろう、さらに中で誰かが男を待っているだろうと考えたが、スペイン人はこちらの立てた道順など無視してドルヴ広場まで上っていくと、歩道の縁で立ち止まって、車の往来やあちこちで開き始めた傘を思案げに眺め始めた。

私は男から目を離さずに建物の軒先に隠れた。その狭い軒下には時計職人が工房を開いていた。時計のチクタクいう音がすぐに雨音と重なった。時計職人は私を見たが、また視線を落とした。年老いた男で、顔は涙で濡れていた。天気はいよいよひどくなり、雨粒の量は増し、奇妙なことに、ある童謡によく似たざわめきに包まれ、化石化したような建物群のはるか上に鉛色をした空が広がっていて、そこに向きの定まらない風が吹きつけて、私たちの頭上に息を吸ったり吐いたりできるらしい人間の肺のような乳白色の雲を形作っていた。そのとき、スペイン人が私のいる場所を見るともなく見やり、それから両手と帽子のつばで火を覆いながら新しい煙草に火をつけ、その後シャトーダン通りへ向かって歩き始めた。

その瞬間から、尾行は喜劇じみた様相を帯び始めた。まず、道を歩く人がめっきり減ったことで、スペイン人が背後にいる私にいともたやすく気づく状況になってしまった。どんな間抜けでも事態を察しただろう。男が雨のなかを歩いていて、別の男が歩調を揃えて後ろをつけている。それでもまだ疑いが残るのなら、私たちはどちらもずぶ濡れだったのだ。まともな人間ならずぶ濡れになってまで散歩などしないだろう。少し経つと、私たちのあいだの距離は十メートル足らずにまで縮まっていた。スペイン人は私がまだいるか確かめるかのようにあからさまに振り返りながら、新しい煙草に火をつけた。

私は無防備のままずぶ濡れで歩道の真ん中に立ち尽くし、彼の狡猾な視線の格好の的になっていた。遠くで雷鳴が聞こえた。スペイン人は面白がっているようだった。この男はいったい何を望んでいるのだろう、と私は思った。ついてこいというわけか？　答えは明らかだった。私は意気消沈した。他にできるのは叫ぶことくらいだ。狂っているのはどちらなのか？　彼かそれとも私か？　全身に悪寒が走り、そのまま病気になって倒れそうだったことは間違いないが、それでも私の精神状態は目覚めていたというか、どう言えばいいのだろう、好奇心と、その非現実的な通りで囁かれている奇妙な打ち明け話に向けて開かれていた。しかし、雨に濡れたままでいたくはなくて、そのことは、私がある種の慎重さをまだ失っていないことを示していた。熱いコーヒーと一杯のリキュールさえあれば、どれだけ楽になれたことだろう。

スペイン人は微笑んだ。私たちはロディエ通りをロシュシュアール通りまで進んだ。雨は冷たい霧雨に変わり、絹のハンカチのように斜めにゆっくりと吹きつけていた。いまや私たちはブランシュ広場を目指して歩いていた。私はマダム・レノーのこと、張り子、爪のあいだを縫う急降下、ブランシュ広場の場所を知らなかったタクシー運転手、階段を下りるマダム・グルネルのことを考えた。私の運命の総和。笑いが洩れた。五メートル先を行くスペイン人も笑っているのが分かった。見た目とは裏腹に、実はこの男はとても頭が切れるに違いないと私は思った。

ブランシュ広場に着く前にもう一度坂を下り、ピガール通りに入り、ブリュイエール通りまで行った。私たちは同じ場所をぐるぐる回っていたのだ。アムステルダム通りに着いたところでスペイン人はふたたび歩を速め、一瞬、私は彼を見失ったような気がした。サン＝ラザール駅方面に引き返すのが妥当だろうと思い、実際そうした。まもなく、それまで目に留めてもいなかったちっぽけな映画のポスターを立ち止まって見つめているスペイン人の姿が見えた。映画の宣伝文句にじっと見入ったあと、彼はこちらの予想に反してチケットを買い、映画館のなかに姿を消した。事態が予想もしなかった方向に転回した以上、こちらも断固たる行動に出る必要がある、と私は考えた。映画は『現代性』というタイトルで、ポスターは恋愛と科学に関する物語であると漠然と謳っていた。主役を演じる俳優は私の知らない男女で、どちらも若く、完璧で真面目な顔つきだった。どう見てもありふれたメロドラマの恋人同士にしか見えなかったが、写真の二人はマネキン人形のような印象を与えた。何枚かの写真には、どれも決まって信じがたいほどの痛みと驚きに顔を歪ませたある性格俳優も写っていた。宣伝文句には、当映画会社はこれがその俳優最後の作品になったことを謹んでお伝えする、とあった。《我らが親愛なるM……氏は神に召されたのです……》とあり、そのM……という喜劇を得意としたがあまり芽の出なかった三流役者のことを私は覚えていた。写真の引きつった顔は、脚本の要請に従ったというよりも彼を死に至らしめた病気のせいだったのだろう、と私は想像した。

チケット売り場に近づいた。

「映画はちょうど始まったところですけど」赤毛でやや太り気味の私と同年配の女性がこちらを見向きもせずに呟いた。彼女は、紙がピンク色というだけで他は普通の学習帳に何か書いて楽しんでいた。詩だ！　詩人なのだ！

私はチケットを受け取ってなかに入った。

映画館のなかは二つの座席ブロックに分かれていて、ところどころに観客の頭が夜行性の花のように突き出ていた。観客の数はまばらで、どれも見分けがつかず、大半は一人客でばらばらに離れて座っていた。スクリーンに映っていたのは、一見パレードの光景と思ったが、宮殿のお披露目パーティーで舞踏会か何かの最中であることが分かった。

左手から案内係が懐中電灯の光を絨毯にちらつかせて近づいてきた。ポケットから硬貨を出して何枚か渡すと、彼が歩き出す前に腕をつかみ、その場に引き留めた。案内係はほとんど抵抗もしなかった。スーツの下の腕は針金のようで、それが動物のようにびくっと震えるのを感じ、私には見えないその顔はきっと好色で疲れ切っているに違いないと考えた。

「じっとしていろ」と私は囁いた。「私はこの席でいい。スクリーンから遠い席で。神経の調子があまりよくなくて」

視神経のことだと言いたかったのだが、訂正するには遅すぎた。

案内係は懐中電灯を消し、出入口のドアを覆うカーテンのほうを不安げに見やった。

「承知しました、どうかご心配なく、ここに空席があります、あなたの後ろに、ここです、振り向いて座るだけでいい」

「ああ、ここなら完璧だ」

「仰せのままに、ムッシュー」

私は案内係の腕を離し、座席に腰を落ち着けた。そこは右側ブロックの最後列で、背後には彫刻を施した模造大理石の柱が立つ小さな木製の欄干だけがあり、その奥の壁には端から端までカーテンが引いてあった。スクリーンに太陽が現われた。

場面は砂浜だった。おそらく夏だろう、波打ち際をのんびり歩く数羽のカモメ以外はまるでひと気のない砂浜だった。砂は黒く輝き、他方、空は固定された変化のない光に溢れ、その光がスクリーンの隅々まで静かに広がっていた。《パリの祝祭続きの日々のあとでは、ノルマンディーの海と砂浜がミシェルにとって最良の鎮静剤になった》と、見えない女性がなにやら司祭のような、何もかも知り尽くしたベテランの秘書のような声で語る間に、砂浜のはるか彼方から一組の男女が、前景に近づいてくるまでよく見えなかったが、二つの小さな点となって姿を現わした。例のスペイン人が、左側ブロックの、私のいた場所から十列ほど前の通路側に座っていた。それなら見失っていなかったわけだ、と私はため息をついた。でもこれからが難しいところだ。この優柔不断をどう克服するか、意を決して隣に座ったとしても──これ以上先延ばしにはできない──具体的に何を尋ねたらいいのか。

《それでもミシェルはパリの喧騒が忘れられなかった》。この台詞を強めに発音した金髪の女は──気まぐれで活気のある声で、先ほどの語り手の声とは違った──諦めてふてくされたように目を閉じた。次のシーンで目を閉じたのはミシェル（外のポスターに写真が出ていた主人公の青年）で、続くシーンでは周りに渦のようなものが現われて、それが彼の夢であることが見て取れた。続けてまず宮殿の大階段、ブーローニュの森に停められた自動車、競馬場の夜景、廊下を歩き回る誰かの足、天蓋付きの乱れたベッド、乱暴にめくられるシーツ、老人、おそらくミシェルの部屋付き使用人が何かを見て恐れおののく顔、遠くで響く爆発音、田舎の道端に停まった車のハンドルに突っ伏してすすり泣く背中しか見えない男、最後に、廊下を歩いていた先ほどの足が急に走り出し、次に川べりの乞食たちのテントの焼け跡が映り、上品に着飾った若者たちの一団が彼らより少し年上の、間違いなく彼らのリーダーである青年を熱狂的に取り囲み、当然ながらその青年はミシェルであることが判明する。ミシェルは手を挙げて平然とした様子で一同に静粛を求め、乾杯の音頭をとる。

その瞬間、あのスペイン人の隣に別の人間がいることに気がついた。

おかしい。客は合わせて二十人もいたとは思えず、左右に誰もいない席を選べたはずのスペイン人がたまたまそこに座ったというのはありそうもない話だった。映画館は事実上がら空きで、私のいた列には私しかいなかったし、スペイン人の座っていた列にも彼とその予期せぬ同伴者しかいなかった。その男のうなじは逞しく禿げ上がり、両肩は筋骨隆々で、黒髪がまだ残るこめかみには、右の耳が皺くちゃの羊皮紙のかけらみたいに貼りついていた。《わたしたち結婚すべきよ、今のままじゃ耐えられないわ》と女の声が言う。誰かがレコードを台に載せる。音楽は針の擦れる音にかき消されてほとんど聞こえず、続いて爆発音がする。

ミシェルが、光のほとんど届かない部屋の隅にある肘掛椅子で、無言でくつろいでいる。ついに立ち上がり、大きな窓のそばに向かう。そのとき初めて、彼が独りで書斎にいること、その窓が断崖に面していることが分かる。時刻は夜で、カメラは気をもんでいるミシェルの顔から靴までゆっくりと降りていく。ミシェルは靴のつま先で床を蹴るが、そのとき聞こえるのは波の音だけだ。焦りはどんな奴をも殺す、と私は思った。

ためらいがちな新しい客を従えて、あの案内係がまた姿を現わした。《僕の人生、僕の経歴、僕の全財産を君にあげよう》。スクリーンには見えていない何かをじっと見つめながら横顔を向けてそう言うのはミシェルだ。その背後で金髪の女が彼をじっと見つめている。通路を戻ってきた案内係が私のそばを通り過ぎたとき、何か異常事態を警告するかのような咳払いをした。金髪の女が両手を頭にやった。危険なことがあるとは思いもよらなかったが、それでも後ろを振り向いた。案内係は私の背後でカーテンに半ば隠れるように立っていて、何かそれは、スクリーン上で展開する不安や誘惑に無関心な、時間を超越したローマ貴族のような雰囲気を彼に与えていた。《もちろん結婚するさ》とミシェルが憂鬱そうに笑いながら言う。《でも僕たちは運命の決断を受け入れなくてはならない》。私はまた前を見た。またもや雪のような色の空の下に果てしのない砂浜だけが映っていて、そこをぼんやりした二つの人影がこちらに向かって近づいてきた。私は立ち上がった。案内係は姿を消していて、さっき彼の影があった場所ではカーテンがかすかに揺れているばかりだった。何歩か歩きかけたところで、服がまだずぶ濡れのままであることに気がついた。私はためらった。《君を愛するうえで一番の障害は僕の記憶だ》とミシェルが言う。《昼間の記憶喪失は砂漠みたいなものだ。夜になるとそれは野生の獣の棲むジャングルになる。それでも君は、僕たちは幸せを見つけられると言うのかい?》女の顔が草の生い茂る砂丘の景色の前に浮かび上がる。見ていると気の狂いそうな太陽の光が海上できらめく。私はスクリーンから発する光に紛れてスペイン人が座っている列まで近寄った。画面はすぐに暗転し、私は濡れた服が立てる音に怯えながら慌てて座った。

場面は夜で、ミシェルとポーリーヌ（ミシェルと結婚した金髪の娘）はパリにある彼の屋敷にいる。使用人たちが黙って二人を見つめる。ミシェルの従者は若い男で、その前の場面でおそらく恐ろしいと思われるものを目撃した老人と瓜二つだ。彼は、新たな女主人に対し、努めて気さくに振る舞おうとしている。《料理番はどなた?》と娘が尋ねる。従者が、私です、と答える。その言葉にはどこか挑むような調子がある。他の使用人たちは委縮したのか、あるいは怯えたのかもしれないが、みな一斉に視線を落とす。従者は話し続ける。ですが、もし奥さまが女の料理番をお望みでしたら、清潔で有能な者を紹介いたします。《よろしい》とポーリーヌは居間の壁に掛けられた巨大なゴブラン織りを見つめながら、どっちつかずの返事をする。続く場面は薄暗い書斎で、ミシェルと少し年上の医者か弁護士と思しき友人がコニャックを飲み、煙草を吸っているが、くつろいでいるわけではなく、緊迫した様子だ。ミシェルはたどたどしい口調で自らに降りかかった災難を事細かに語る。彼方から爆発音が聞こえる。ミシェルは目を閉じる。

スペイン人は私のことをまるで知らないかのように見つめた。私は笑みを浮かべようとした。できなかった。彼は肘をついて隣の連れに私の存在を知らせた。男はなかなか反応せず、その目はスクリーン上で展開する光景に釘付けだった。ようやく私に顔を向けたとき、男はいとも自然にこう言った。

「やあ、パン、元気だったかい?」

答えるべき言葉が見つからなかった。時間は無駄には過ぎ去っていなかったが、それでも私は男の正体をすぐさま悟った。

《人生は美しく、君はまだ若い、友よ、力を出すんだ》。《毎晩決まって恐ろしい目に遭うんだよ、ポール》。《勇気を出せ》。《何から身を守るのか分かっていれば勇気も出るだろうさ、でも僕の場合は違う。僕の敵は空気のなかにいる。いや、それどころか空気の下にいるんだ。奴らは罪の領域を這いまわっている》。《とにかく自分自身の悪夢に押しつぶされないことだな、ミシェル。悪夢というのはいつだって空虚なものなんだ、覚えておくことだ》。《悪夢とは過去、記憶だ。忘れるには別人になるしかない》。

私は開いた口がふさがらなかった。それはプルームール=ボドゥーだった。彼は私の反応に満足して微笑んだ。

「君が、ここに?」

スペイン人が面白そうに私を見つめた。それから、まるで唯一関心があるのは私たち二人の反応だと言わんばかりに、首をひねって今度はプルームール=ボドゥーの顔を見た。

「ずいぶん久しぶりじゃないか。だが、どれだけ時間が経とうとも、真の友達なら互いの顔は忘れない、違うか?」

私は頷いた。何と答えていいか分からなかった。

プルームール＝ボドゥーは嬉しさと傲岸さの混じった表情で私を眺めた。そのまま話し続けようとしたが、そこで考えを変えて、スペイン人のほうを向いた。

「ホセ・マリア、席を譲ってくれないか？　そんな窮屈な姿勢じゃつらいだろう、俺たちに挟まれてたんじゃ。席を代わってくれたら、俺の友だちと俺も映画館じゅうに聞かれることなく、まずまず大人同士の話し合いができる。ちょっとばかし気を利かせて、ちゃんと行儀よくしていれば、地獄でも歓迎されるって話だしな、違うか？」

スペイン人はプルームール＝ボドゥーの演説を翻訳するのに少し手間取ったが、すぐに立ち上がった。しかしプルームール＝ボドゥーの図体がでかすぎて、同時に席を立って入れ替わろうとすると、互いにぶつかり合った。しばらく二人とも立ったまま動けずにいた。後ろで誰かが文句を言った。別の場所から、静かにという囁き声が聞こえた。映画館は古くて狭かったが、観客は真面目な連中だった。プルームール＝ボドゥーは座り直した。

「ホセ・マリア、いいか、お前が先に立ってこっちに座れ」と言って左側の革張りの座席をポンポンと叩いた。「で、俺がここに座ったら」と言うと今度はスペイン人の胸に人差し指を当てた。「お前が俺の席に移るんだ」

「この場所で何をしているんだ？」と私は呟いた。「なぜこの男を知っている？」

彼は私に目くばせした。

「まあ待て、パン、落ち着けったら」

すでに立ち上がっていたホセ・マリアは、プルームール＝ボドゥーの手で元の席に引き戻された。スペイン人からは濡れた服の匂いがした。私はスクリーンを見た。ミシェルが書斎の長椅子で眠っていた。手前では妻と彼の友人（であり、同時に主治医）がミシェルを見つめ、彼の眠りを邪魔するのを恐れるかのように声をひそめて話し合っている。悲劇の影が場面全体を覆っている。《彼はクラスのなかでも一番だった》と友人が言う。ポーリーヌが泣く。《この国で最も未来を嘱望された若者の一人だった。彼はすべてを手にし……すべてを失った……》。次に注目だ、とプルームール＝ボドゥーが指摘する。スクリーンでは、ミシェルの見ている悪夢を再現しているか、あるいは医者の語る物語を描写しているように見えたが、画像の粗さもフレームもフィルムの質すらも別の映画から取ってきたとしか思えないその映像のなかでは、若手研究者たちの集団がカメラに映し出され、最初はだだっ広い研究室のなかで、次は公園をそぞろ歩きながら彼らはさまざまなことをしていた。あの連中のなかだ、よく見てみろ、パン、とプルームール＝ボドゥーが感極まった様子で囁いた。テルゼフがいるだろう。

「テルゼフ」と私は言った。

後ろの席からふたたび何人かの声が、静かにしろと言った。

「黙れ、馬鹿者どもが」とプルームール＝ボドゥーが言った。

テルゼフと若い科学者たち――ミシェルの姿は見えなかった――は研究室を飛び回りながら、同僚の試験管に鼻を突っ込んだり、フラスコとフラスコを嬉しそうに合わせて乾杯の真似をしたり、小学校の化学の授業で先生がいなくなったときのようにはしゃぎ回っていた。プルームール＝ボドゥーが立ち上がった。少なくとも一メートル九十センチはあるだろう。彼はさっき文句を言った男を暗がりのなかで探した。そしてほとんどすぐさま座り直すと、私に顔から手のひら二つ分ほどのところで囁いた。

「どうだい？　俺たちのテルゼフが動いて笑ってるぜ。お前や俺より若くて潑剌としてる！　あそこだ！　少し羨ましくならないか？　これぞ芸術の神秘だね！　あいつがああやって生きてるんだからな、違うか？」スペイン人は彼の席まではみ出ているプルームール＝ボドゥーの巨体の重みにストイックに耐えていた。

スクリーンでは研究者たちが実験室をあとにし、今度は庭に移動して、ベンチや噴水の周りや大階段に腰かけてふざけ合ったり、恥ずかしげもなくカメラを見たりしていた。

「何が何だか分からない。テルゼフがあそこで何をしている？」

「あれはあいつが初めて働いた研究所だ。入所希望者が何百人といる難関の職場なんだが、それでもテルゼフは数少ない合格者に名を連ねたんだ。実はな、この俺もあるポストに応募したんだが、見事に落とされちまった。どう思う？」

「分からない。私が訊いているのは、あれがどうして映画になったかってことだ。だって、君」

私は彼のように親称で話すのを拒否して言った。「不吉なメロドラマの途中にテルゼフと同僚たちが登場するなんておかしな話じゃないか」

「驚くべき実録映画じゃないっていうのか」

「観る人による」スクリーンではすでに科学実験施設の建物に落ちる夕日が映し出されていた。ミシェルの夢が終わりに近づいていくことを示すように画面全体がだんだんと暗くなってゆくなか、文字が書いてあるが読み取れない鉄の門扉、ぼんやりした人影が滑る寂しい中庭にはためくフランス国旗、腰から鍵の輪をぶら下げて中庭を横切る夜警、実験室の閉ざされた窓、地下室に続く分厚い金属製の扉、生け垣からカメラを見つめる猫といった映像が続いた。

「実はな、パン、これは異なる二つの映画なんだ。思うにあの馬鹿が」彼はミシェルのことを言っていた。「科学実験施設で研究をしてたんだな。ほら、医者があいつの嫁さんに何か言ってるだろう」

《みんな死んでしまった》とミシェルの友人は、まるでその告白に心が引き裂かれたかのような顔でポーリーヌを見つめる。《だが、答えのない疑問が多く残った》。ポーリーヌのシルエット、繊細でもの問いたげな横顔が、巨大な油彩画の真横で震える。裸の天使と悪魔がもつれ合う絵だ。

「誰？」

「いいから聞け！」

「いいかげんにしろ、ちょっとは黙ったらどうだ」と三列後ろから抗議の声が上がった。その声の主は本当に気分を害しているようだった。

《みんなですって？》《ああ、ミシェルを除くみんな。彼は体調を崩して出勤できなかった》。《でもなぜ、どんな事故が……？》《爆発だ、ミシェルの実験室で爆発が起きたんだ》。《なんてこと！》《将来ある若者二十人、我が国きっての優秀な科学者二十人が吹き飛ばされてしまった》。《ところでミシェルは何の研究をしていたの?》《分からない。誰にも。研究ノートも爆発で吹き飛んでしまって、彼も内容を明かそうとはしない。ただ僕に言えるのは、それが何か放射能に関係するということだけだ》。《それで彼は研究の道を諦めて、例の悪夢が始まったわけね、やっと分かったわ》。《彼を助けられるのは君だけなんだ》。

医者はポーリーヌの手をとり、ポーリーヌは彼の目を見る。まるで彼が捕らえる者で、彼女が囚われる者であるかのように。

「あの間抜けは親友に嫁を寝取られるわけだ」

「おい、黙れって言ってるだろう?」

プルームール＝ボドゥーが威嚇するように立ち上がった。

「お前こそ出ていったらどうだ、若いの」プルームール＝ボドゥーは固く握り締めたこぶしを腰に当て、その姿はニュース映画で見たムッソリーニそっくりだった。

スペイン人が振り向いて、映画愛好家か暇な学生か、あるいはその両方に違いない若者を黙って睨んだ。それ以上もめないほうがよさそうだと感じ取ったのだろう、若者は座席に深々と座り込んだ。スペイン人は座ってはいるものの、危ういバランスを保っているプルームール＝ボドゥーの巨体などよりもはるかに危険な存在に見えた。

「手のつけられない馬鹿はどこにでもいるもんだ」

「テルゼフが役者をしているなんて思ってもみなかった」私は単に話題を変えたくて呟いた。いまや、観客の関心が映画と我々奇妙な三人に二分されてしまったことがありありと分かった。

「そうじゃない。『現代性』——これって面白い題名だよな？——の監督は二〇年代にあの実験施設で働いていた。それで、施設の宣伝映画みたいなものを撮ったんだが、公開されることはなかった。何年もあとになって、そのとき撮った一部を自分の映画の夢の場面で利用したってわけだ」

「映画が撮られたのはいつ？」

「『現代性』かい？　四年前だ。少なくとも俺は四年前に初めてこれを観た。テルゼフのシーンが撮られたのは一九二三年だ。無声映画だったろう？」

私は冷静になって、落ち着きと客観性を取り戻さなければならなかった。あらゆるものを覆い尽くす非現実感から抜け出さねばならなかった。私は考えた。狭間に無実の人間がいる。私は考えた。南米の男がみんなのつけを払うだろう。

スクリーンではミシェルが両親と涙の別れをしている。一台の自動車が森に入っていく。《人生には大した意味などないのだ》。老人ばかりの聴衆が黙ってミシェルを見つめる。ミシェルは次第に激しく目を擦る。彼の身振りには子供に返ったようなところがある。彼は水を一杯飲む。コップを通してその液体を観察する。目の周りには濃い隈ができている。ポーリーヌは天蓋付きベッドで独りで眠っている。《僕を責めることは誰にもできない。僕しか知らないことだ。僕は無実だ》。医者がパリを発つ汽車に乗る。ミシェルの従者が屋根裏部屋の細長い窓から夕陽を見つめる。部屋のなかは清潔で片付いていて、背後の壁にはかつての使用人の写真が掛けてある。おそらく彼の父か近しい親戚なのだろう、容貌は彼にそっくりだが、表情は対照的だ。従者の顔は憂鬱と、かすかな喜びを帯びた諦めの表情だが、父の顔には純粋かつ単純な恐怖しか浮かんでいない。男の手が細長いパンを二つに割る。雲の隙間、だがそう遠くない場所で稲光が走る。書斎の肘掛椅子にもたれたミシェルが目を覆う。

「つい先日ムッシュー・リヴェットと話したら、君はスペインに住んでいると言っていた」

「ああ、リヴェット爺さん、あの上等な精神の持ち主ね、たしかに……スペインは美しい国だ、そう、そうさ、しかしあれは始まりでしかない……でも俺の心の街はパリだから……ほら見ろ、言ったとおりだ、あの哀れな医者は腰抜けミシェルの嫁を奪うつもりだぜ」

「君と二人で話したい。出よう」

「こっちはもう邪魔なようだ」とスペイン人が言った。

「そうだな、ホセ・マリア、またあとで会おう」プルームール＝ボドゥーの口調にはどこか命令慣れした雰囲気があったが、それでも彼がスペイン人に話しかける態度には、それに加えて一種の尊敬の念というか、畏怖に近い節度が滲み出ていて、彼自身はおそらくそれに気づいていなかった。

スペイン人は私の膝の上をさっとまたぎ、すぐ通路に出た。細身の体にはスーツが大きすぎるように見えた。彼はさよならも言わなかった。

「ほんの二日前からパリに来ている」とプルームール＝ボドゥーが言った。「この映画を観るためだけに来たようなもんだ。テルゼフが俺の親友だったのをお前が覚えているかは知らんが」

「覚えているよ。彼が首を吊って死んだことも。面白いことに、ムッシュー・リヴェットが数日前の夜、親切にも私の記憶を呼び覚ましてくれたんだ」スクリーンに暗い路地が見える。浮浪者がゴミバケツのあいだで眠っている。ゴミバケツの上には猫が何匹かいる。実際のところ、路地はあらゆる形や大きさの猫で埋め尽くされている。

手前にポーリーヌと謎めいた雰囲気の見知らぬ男が現われる。《あなたとお話ししなくては》と男が言う。《何の御用? どちらさまですか?》《私を信じてください。あなたのためにも》。ポーリーヌは逃げようとするが、男が立ちふさがる。一瞬、二人の顔が触れそうになる。《私は刑事だ。我々はあなたの夫が研究所の所員全員を殺害した爆発事件の重要な容疑者であると見ている》。《馬鹿を言わないで、あれは事故だったの》。《あれが冷酷に計画された大量虐殺であると我々が考える証拠がある》。ポーリーヌが皮肉な表情を浮かべようとする。《あなた、事故のあとにミシェルがどうなってしまったか、ご存じないのね》。《どうなったんですか、教えてください》。《精神が崩壊してしまったのよ、何もやる気がなくて、日がな一日あの悪夢を思い出してばかりいるわ》。

「そうか、お前はムッシュー・リヴェットと話したってわけだ……俺も帰る前に爺さんと会っておかねばならんな」

刑事がにやりと笑う。《そのふりをしているだけではないですか》。

白い波のようなもの、抗いがたい光の波のようなものが、ポーリーヌの驚いた顔を覆う。

「この野郎、こいつもこの女とやりたいんだな。哀れな奴め！」

「そのときテルゼフとイレーヌ・キュリーとの話も聞いた」

「爺さんは物知りだ、たしかに物知りだが、あいつが何もかも知っているなんて思っちゃいけない」

別れ際、刑事はポーリーヌの手を通常よりも長い時間握っている。ポーリーヌが視線を落とす。ミシェルが家の屋上に姿を現わし、双眼鏡を通して、黒雲に覆われた地平線を見つめる。彼のそばにはアステカの生贄を載せる石に驚くほどよく似た装置が置いてある。背後では従者が体を固くして待っている。

「あいつはイレーヌとは知り合いですらなかった。いろんな噂があった。どれも誇張した話ばかりだった」

「外に出よう、少し歩くか、カフェかどこかへ行かないか？　君と話がしたい。お願いだ、私には無駄にしている時間がない」

「分かった。まあ、俺にとって肝心なところはもう観たわけだしな。明日もう一度観に来ることにしよう」

外は雨だった。

私たちはアムステルダム通りのバーに入り、プルームール＝ボドゥーはグロッグを、私はミント・リキュールを注文した。きっと風変わりな二人組に見えたに違いない、まばらな客たちの関心はたちまちこちらに集中し、みなが振り返って無遠慮に私たちをじろじろ見つめた。おそらくプルームール＝ボドゥーの騒々しく断固とした言動のせいだろう。

「で、何の話をしたかったんだ？」

「テルゼフと、君のスペイン人の友だちのことだ」

彼は私のネクタイの辺りを蔑むように見つめてから、諦めたような表情で煙草に火をつけた。

「その二つの関係がよく分からんのだが、まあいい、話してみろ」

私はアパートの階段で最初に出くわしてから、アラゴ診療所でまた会ったこと、カフェ・ヴィクトルで持ちかけられた信じがたい賄賂の話まで、スペイン人について分かっていることをすべて話して聞かせた。

「そうかい」とプルームール＝ボドゥーは嘲るように言った。「じゃあ、さっきが金を返す唯一のチャンスだったのに、そうしなかったわけだ」

私は言い返そうとした。顔が火照るのを感じた。

「君はあいつがどういう理由で私をバジェホに会わせたくないのか知らないか？」

「正直に言ってだな、ピエール、何の話かさっぱりだ」

「でも君は彼の友だちだろう。さらに言わせてもらえば、もう一人のスペイン人のことも知っているはずだ」

「たしかに。でもそれがどうしたっていうんだ。スペイン人の友だちなんて大勢いる。深いつながりのある奴もいるが、ちょっとした人生の楽しみを共有するだけの相手もいる。ホセ・マリアは後者だな。ついでに言っておくと、ホセ・マリアはかなりの資産家で寛大な心の持ち主であるうえに、我らが偉大なる詩人エレディアの甥の息子なんだ。でもそれだけのことさ。偶然に目をくらまされてはいかん。偶然性についてベルクソンが言っていた言葉を覚えているか？　あれを」

「いいや」

「犯罪的偶然性、究極の殺人者としての偶然性とか何とか、よく分からんが、まあどうだっていい、ベルクソンなんて……お前はあいつの跡をつけているうちに俺を見つけた。だから何だ？　万々歳じゃないか！　俺が毎日どれだけたくさんの人間と会っているか知ったら驚くぞ。しかも場末の映画館なんかよりもっと風変わりな場所でだ。賄賂については、俺に言わせりゃ、全部何かの冗談だったのさ。お前の患者の嫁さんの口を通じてか、その患者の友だちの口を通じてだろうが、ホセ・マリアはお前が患者の病床に呼ばれることに気づいた。そのあいだに二人で賭けでもしたんだろう、なにしろ賭け事の大好きなスペイン人だからな、きっとお前をだしにした悪ふざけにすぎなかったんだよ。ホセ・マリア自身が医者だってことも忘れちゃいけない。スペイン人のなかでもとりわけ優秀なあの連中は、俺たちには理解しがたい実証主義ってのを常々自慢しているだろう。それにだ、知ってのとおり、金持ちの外国人っていうのは時としていくらか変わり者なんだ、ましてや今回の連中みたいな芸術家肌の人間ならな。それにしてもピエール、お前が本気と冗談の区別もつかんとは驚きだな、といっても、おふざけの度が過ぎたというのは認めざるをえないが、現実の、目に見える脅しだったわけだから。俺が思うにだね、友よ、お前はあれこれ気にしすぎて訳が分からなくなったんだ。俺の言うことを信じろよ！　つい数日前まで前線にいた男が言うんだからな」

「ああ」私は呆然として呟いた。「君がファシストになっちまったことは聞いた」

プルームール＝ボドゥーは満足げにほくそ笑んだ。彼は大声でグロッグをもう一杯注文した。その活力、人の良さ、喉の渇きまでもが鼻についた。

「ムッシュー・リヴェットだな、もちろんそうだろう、お前にそんなことを言ったのはきっと……ああ、そのとおり」彼は何か大事なことを思い出したようだった。「それは今も進行中だ」

私たちは黙り込んだ。私たちの周囲では時間が私たちとまるで関係ないかのように流れていた。男たちは酒を飲み、煙草を吸い、表の通りからはさまざまな音がばらばらに聞こえ、ウェイターはグラスを拭き、暖炉で薪がパチパチとはぜ、バーの奥では誰かが乱暴にドアを閉めた。あるいは風のせいだったのかもしれない。

このままじっとしていれば非現実から抜け出せる、すぐ近くにあるのに決して触れることのできない空間から合図を送ってくる例の存在を突き止めることができるかもしれない、と私は考えた。

「お前にテルゼフの話をしてやろう。これが実に面白い話なんだ。俺たちの古い友情の証に教えてやるよ。かつて俺たち三人のあいだにあった友情のな。ところで、俺のことは『お前』呼ばわりでいいんだぜ」

「我々のあいだに友情などあったためしはない。君とテルゼフはちょうど私と同じ時期にムッシュー・リヴェットのもとに通っていた、それだけのことだ」

「分かった、分かった……でもせめて俺とお前と呼び合わないか？」彼は傷ついたような表情でグロッグをもう一杯注文した。

「いったい何の話をするつもりだ？　テルゼフの自殺の話か？　それともイレーヌ・ジョリオ＝キュリーとの失恋話か？　正直に言って、我らが偉大な女性科学者がイレーヌ・テルゼフ＝キュリーと名乗っているのも、我々の友人が彼女を手伝って人工放射線を発見しているところも想像すらできない。ましてや二人がノーベル賞を取っている姿なんてね。どうやら私たちはもう歳だな、物を見通す力がなくなってしまった！」

「俺とお前を一緒にするな。まあ聞け。まず最初のは間違いだ。テルゼフみたいな馬の骨はイレーヌ・ジョリオ＝キュリーと会ったことすらない。当時言われていたような、あいつが彼女の母親を論破しようとした事実もない。話はまったく別で、それを知っているのは俺だけなのさ。お前がムッシュー・リヴェットに聞いたとおり、もし聞いていないなら今から教えてやるが、テルゼフは一九二〇年から母のマダム・キュリーの研究所に通い始めた。あいつはまだ二十三歳にもなっていなかった。研究所で一番若くて、間違いなく一番優秀だった。一九二四年の暮れ、テルゼフははっきりした理由もなく研究所をやめてしまい、そこで進めていた研究も打ち切ってしまった。ほとんどキャリアを棒に振ったと言ってもおかしくないその行為の理由をあいつは決して説明しようとしないまま、その直後に自殺してしまった。あいつの知り合い（だって、友だち、真の友だちといえばただ一人、俺しかいなかったから）のあいだでは、自殺に関する動機がないことが謎を呼んだ。結局そういう連中が見つけた説明の仕方というのが、そういう連中のマダム・キュリー自身に対する不満や反感と結びつけることだった。テルゼフ自身が人の言うことを聞かない、わがままでロマンチックな性格だったことも、この説にとって有利に働いた。そんなふうにして、テルゼフがあの高名な夫人の提唱する理論のいくつかを疑うようになったなんて言われるようになったんだ。これほど真実からかけ離れた話もない。だって、あれほどの権威にテルゼフのごとき若手研究者が刃向かえるはずもないし、それに、テルゼフは夫人が当時進めていた研究にほとんど興味を示していなかったからだ。テルゼフの努力は、言ってみれば夫人のベッドのもう半分に傾けられていた。あいつはピエール・キュリーと彼の最後の計画に興味があったのさ。ピエール・キュリーがどうして死んだか、お前は知ってるか？」

「いや……」

「荷馬車に轢かれたのさ。一九〇六年四月十九日の朝、ドフィーヌ通りを渡ろうとしていたときに。当時ピエールはダルソンヴァルという名のもう一人の科学者と共同で、心霊トランス状態で可視化する霊力の研究をしていた。研究は頓挫してお蔵入りした。二度と取り上げられることもなかった。当時からすでに異端の研究だったし、ピエールのそれまでの研究とも無関係だったからだ。ひょっとして関係があったかもしれないが、この研究はやはりどうかしていたからね。共同研究者のダルソンヴァルも姿を消し、行方知れずとなった。そうなんだ、ピエール・キュリーの不条理な死のあと、ダルソンヴァルは煙のように姿をくらました。そしておそらくこのことが我らが友人の興味をかきたてたんだろう。なにしろもうそのころには、テルゼフも俺たちもメスメリストだった。完全な信者でなかったとしても、熱中していた。だからテルゼフには、あのピエール・キュリーがいわば心霊現象とも言える分野に手を染めていた事実が意義のあることに思えたに違いない。あのころテルゼフが何をしていたかは俺も知らんが、それから数年後、一九二〇年から二四年にかけてあちこち嗅ぎ回っているうちに、あいつはどうやらある結論に達したらしい。頼むから大声を上げたり笑ったりするなよ、つまりピエール・キュリーは殺されたんだって。この説をあいつが打ち明けた唯一の相手が俺なのさ、記録に残る確かな証拠もない怪しげな話だがね。いまやお前が二人目の証人になった。いったい何に基づいたらそんなことが断言できるのか、あいつは決して明かそうとはしなかった。お前にそんなことを言ったら気でも狂ったと思われるだろう、とあいつはある夜に言った。また別のときには、黙っているのはお前を守るためなんだ、と仄めかすこともあった。でも守るっていったい何から？　狂気から、あるいはテルゼフが狂気と見なしていたものからか。俺に分かったことは、ピエール・キュリーが殺されたのは研究内容のせいではなかったたってことだ。彼の研究はある意味で彼を消すための格好の口実ではあったが、そうではなくて、彼の死はある儀礼的な役割を果たしたというんだ、理由は尋ねないでくれ。だが俺の記憶では、テルゼフもまた、あらゆる死には儀礼的な役割がある、死とはこの世に残された唯一真の儀礼であると考えていた」

「ではテルゼフはなぜ自殺した？」

「真相は分からない」

「狂ってる。君が話したことは何もかも狂ってるよ。それに、君の話に従うのであれば、テルゼフだって殺されたと考えられるんじゃないか」

「どうだろうな。テルゼフは友だちだった。おそらく俺の人生でただ一人の友だちだろうな。だからあいつが死ぬほんの数か月前にさっきの話を打ち明けられたとき、俺は信じた。信頼のなせる業ってやつだ。今になってみると、まず間違いないと俺が思うのは、ピエール・キュリーが殺されたのであろうとなかろうと、俺の友だちが何か恐ろしいことを発見したに違いないってことだ。それがあいつを破滅に導いた」

周りを見渡すと、カフェには誰もいなかった。テーブルと椅子、残されたグラスや床の上で揉み消された煙草などを冷気が覆っていた。

「恐ろしい何か……書類かメモに残されていた……誰の目にも留まらなかった何かがある……だがもちろんテルゼフは見逃さなかった。テルゼフのあの臨床医のような目はな……」

プルームール゠ボドゥーの顔が一九二四年の悪夢に消えた。彼の表情はむくんで惨めになり、まるでその悪夢の奥に一筋の光を見て恐れているかのようだった。

「映画の結末は?」と私は尋ねた。

彼はびくっとしてこちらを見た。

「映画だよ……」と私は言った。「『現代性』だ……君は最後まで観たんだろう?」

「もう何度となく」

「結末はどうなる?」

プルームール＝ボドゥーは寂しげに微笑んだ。

「ありきたりだよ。ミシェルが両親を殺す。その後、嫁さんも殺そうとする。だが失敗する。彼は自殺する。でもその前に屋敷に火を放つのさ。燃えさかる炎がすべてを焼き尽くす……」

「あの従者は？」

「ああ、あの訳知り顔の覗き魔か、あいつは炎に巻かれて死ぬ。たまたまだったかそうじゃないかは分からない。ひょっとすると逃げ延びたんだったかかな。そうだ、逃げたんだった。行方をくらます。夜が従者を呑み込む。まったく変な映画だ……どう考えていいのか俺にもよく分からない。本当のところ、すべては理解できていない」

「でも何度も観たんだろう」

「ああ、でもいまだに理解できない筋や細部がある。永遠に理解できないだろうな、どうだっていいが……」

「これからどうする？　スペインに戻るのか？」

「たぶん。政治的な任務をいくつか抱えている」彼は目を覚ましたように見えた。「お前は？　人生はうまくいってるのか？　今もまだ孤独に暮らしているのか？」

罵ってやろうかと思ったが、その価値もなかった。プルームール＝ボドゥーは真実を言い当てている、私はそう直観した。たとえその真実が、洞窟の壁に浮かぶ影でできたものであっても。テルゼフの話も作り話だったのかもしれない。四月と円が、吐き気を催すまでに広がっていた。幾何学、すべては幾何学と糞なのだ。私は立ち上がった。

「行くのか?」彼の嘆くような声が響いた。

「ああ、いろいろとありがとう」

「どうするつもりだ?」

「自分には選択肢はないと思う……分からない……今に分かるか……」

プルームール＝ボドゥーが微笑んだ。彼の唇の輪郭に、私自身が過ごしてきた無意味で不毛な歳月のすべてが集約されているのが見えた。今ただちに何かをしなければ、今すぐその場に、かつての同僚の足元に倒れ込んでしまいそうな気がした。

「スペインに戻ったら、要らぬ危険は冒すんじゃないぞ」私は柄にもない親切心を込めて言った。

「それはないね。共和国はもはや死に体だ。それに心配ご無用、なにしろ俺は後衛部隊だから。情報部の将校をやっている。言ってなかったか? あのころ覚えた催眠術を捕虜やスパイの尋問で応用してるんだ」プルームール＝ボドゥーはけたたましく笑った。「こいつがたいそう効果的でね、保証するよ」

ついに現わした裸の惨めな姿。

私は急に気分がよくなった。いや違う、ほんの少しだがよくなった。重荷が取れたと感じた。私は悟った。自分がプルームール＝ボドゥーに比べれば無限に危険な相手とこれから向き合おうとしていることを。そしてこんなことは、よく考えてみれば大したことではないということを。私はグロッグの入ったグラスを取り上げて、彼の顔に中身を浴びせた。

「何しやがる？」彼の表情は怒りというより驚きだった。

プルームール＝ボドゥーはほとんどすぐさま立ち上がると、このうえなく邪悪な目的をもって椅子の背を摑んだ。

「いいから座れ」と私は言った。「君との別れをやくざめいた喧嘩で終わらせたくはない」

「お前の背骨を折ってやろうか」

「こっちはポケットに拳銃を持っている」私は嘘をついた。「それ以上こっちに来たら撃つ」

「撃てよ、この犬野郎」

バーの従業員と二人の客がカウンターから私たちを見つめていた。

「警察を呼べ」と私は叫んだ。客の一人が反応したらしく、ドアの外へ駆け出していった。

プルームール＝ボドゥーが座った。

「お前はいつまでもガキだな、ピエール。もういい、とっとと出ていけ」

彼はハンカチを取り出して顔を丁寧に拭き始めた。

「同情するよ」こちらを見ずに彼は言った。「俺と同じくらいの歳だってのに、自分の立場すらわきまえてない。本当ならそこに土下座して俺の手にキスしているところだ。哀れな愚か者めが。拳銃を持っているだと？　お前がか？　笑わせるな。いいからさっさと消えろ。何じろじろ見てやがる。同情するよ、本気で、本気でな。哀れとしか言いようのない奴だよ、お前は。本気で、本気で、まったく同情しちまうよ……」

私は店を出た。雨がなおも通りに降り続けていた。


午後七時、私はアラゴ診療所近くのカフェでコーヒーを一杯注文した。マダム・バジェホが出てくるのを待つか、それがだめなら、何としてでも中に入り込む算段をつけるつもりだった。

午後七時半、隣のテーブルでは学生のグループがスペインの内戦について、みな一斉に、間投詞を大量に交えて話し合っている最中で（そのうち一人は、パリで議論している暇があったらスペインで救急部隊に志願したほうがいいと主張していた）、私は自分で手段を講じて診療所に潜り込むしかないと心に決めた。

会計を済ませ、肩をすぼめて頭を垂れ、確たる計画も立てぬまま店の外に出た。

木陰に隠れて機会をうかがった。あの受付の看護婦とブルターニュ人の助手にもう一度相対するのだけはごめんだと思ったのを認めておかねばならない。

少しすると隣の席で議論していた学生たちがカフェから出てきて、診療所を目指して歩き出した。

私は彼らのなかにこっそり紛れ込み、向かい側の歩道に渡ったときには集団の真ん中の安全な位置に身を潜めて、そのうちの一人、おそらくスペインに渡りたいと言っていた青年の肩に腕を回していた。

「立派な考えだよ、君」と私は言った。「立派な考えだ。このままファシズムをのさばらせてはいけない」

青年はいくぶん驚いて私を見た。それから微笑んだ。歯のほとんどが虫歯に罹っていた。彼は言った。

「誤解していませんか。僕の職業は産科医なんですよ」

「同じことさ、わが友よ」と私は言った。「私たち一人一人がそれぞれできることをすべきなんだ」

彼は気立ての良い素直な青年で、自信たっぷりに見えた。

私たちはまるでダンスホールにでも入るようにがやがやと診療所のロビーに闖入した。ほんの数秒のうちにどこかの廊下に紛れ込むことができた。背後で若者たちの声が次第に遠ざかっていくのが聞こえた。

「さようならエレーヌ」

「さようならポール」

「さようならリサ」

「さようならロベール」

私は脱走兵のように、毒ガスにやられていなければそうなっていたかもしれない脱走兵のように、診療所のなかを、同じルートを長く辿らず、看護婦たちや、思いもよらない曲がり角で急に開くドアから泣きながら、あるいは笑いながら出てくる面会者たちを避けつつ進んでいった。

人目を避けて進むうち、数分もすると、意に反して迷子になってしまった。訪問者に現在地を知らせる案内板がなかったせいでもあるが、それどころか病室の並びも番号順にはなっておらず、これがまた方向感覚を狂わせた。同様に、意味のない踊り場ばかりある気まぐれで不揃いな階段が、円や半円を描く廊下にくっついているのだ。これでは、最も通い慣れた訪問者ですら、自分がどの階にいるのかさっぱり分からなくなるだろう。こうしたことに加えて、私が誰にも何も尋ねないことに決めていたせいで、事態はますます悪化した。

じきに尋ねるべき相手もいなくなった。私が辿り着いたその廊下は薄暗くじめじめしていて、壁は漆喰も上塗りされておらず、両側には病室がひとつずつあった。作りかけのトイレと、マットレスや虫食いだらけの毛布がくくられ山積みになっている灯りのついていない物置。廊下の突き当たりの壁に、セメントが乾かないうちに描かれたらしい、大きなハートで囲んだ猥褻な落書きが見えた。どこもかしこも尿のような、腐ったような、人と動物の糞便を混ぜ合わせたような悪臭が漂っていて、まるで薄くて硬い汚れの層が床全体を覆っているかのようだった。

トイレに隠れて午後九時まで待ち、そのあとバジェホを探すことに決めた。

出てきたときには、診療所内の人の行き来は目に見えて減っていた。面会に来た人々はすでに帰ったあとで、真っ白な廊下が外国語で書かれた本のページのようにどこまでも連なり、かろうじて静寂を破るものといえば、遠くの静かな声に、薬を運んだり患者の夕食の食器を回収したりするワゴンの車輪が滑る音、下水管のごぼごぼ鳴る音、ボイラーから響く微かな振動くらいだった。

二度だけ人とすれ違った。最初の看護婦は、私を医者と間違えたのか勝手にそう思い込んだらしく、こちらに向かって会釈した。二人目は、大きな通路に交わる細い廊下をゆっくりと歩いていた老人で、こちらを見もしなかった。

階段を下っては上った。ある窓から、通りの向こう側にある三階建ての家を、まるで空想の惑星でも見るかのようにうっとり眺めていたのを覚えている。人の行き来が一番多そうな廊下に出るのは避け、仮にそうすることがあっても、素早く別の出口を探して、できるだけそこに留まる時間を減らすようにした。方々でドアを開けた。ナイトテーブルの明かりをつけたまま眠る太った老人の衰弱した顔を見た。幸せそうな顔で枕に深々と頭を埋めている老婆のそばには、おそらく彼女の息子か愛人だろう、中年の男が一人、肘掛椅子に座って眠っていた。丸顔の少女は、怖がりも驚きもせずに、私の顔を見つめ返した。

　時が経つにつれ、回廊はその長さを増していった。だんだん冷えてきて、自分の足音が建物全体に響いているような気がしてきた。バジェホの病室が決して見つからないことは分かっていた。

　そのときだった。探索が無駄に終わった区画からの出口を探している最中、まるで時がそこで私を待っていたかのように、廊下の奥にそれが見えたのだ。せいぜいそれはぼんやりとした人影、両腕のない人体、幼少期の彼方から突然放たれた悪夢にすぎなかった。恐怖よりも憐みの念を催させたが、それがそこにあること自体が耐えがたかった。抱きしめてやるんだ、と思ったが、それほど長いあいだ立ち止まって考えたわけではない。両手が震えていた。その人影もまた震えていると直観した。私は振り向いて駆け出した。

　迷宮、迷宮への偏愛に取り憑かれた。新たな廊下に出るたび、新たな階段やスロープに出るたびに、私はその誘惑に屈し、熱に浮かされるようにして、回廊の点滅する灯りの下を行き先も分からずに進んでいった。大粒の汗が流れているのに気づいた。あるドアにもたれかかると、そのドアは自然に開いた。

　その病室にはベッドが二台あった。どちらも空っぽだった。ドアを閉め、暗闇に目が慣れるまでしばらく待った。外の廊下は雪景色のような鏡の静けさを取り戻していた。片方のベッドに横になった。窓の外に一本の木の枝が、日本の版画の断片のように突き出していた。マダム・レノーのこと、命というものの糸のようにか細い単純さを思い、彼女に会わなくてはと思った。部屋は寒く、どこかに暖房装置があるはずだと考えた。窓辺に近づいたとき、その下の、中庭のように作られた四角いコンクリートの空間の真ん中に三人の人物が見えた。ランプの光が投げかける彼らの影は、向こう側の灰色の柱廊がある辺りまで伸びていた。

男が二人、女が一人、話をしているところだった。女はときどき、靴のヒールを地面にコンコンと叩きつけていた。男の一人は白衣姿で、もう一人のずんぐりした男は帽子を耳まで深々とかぶっていた。黒のツーピースを着て、グレーのレインコートとハンドバッグを片手に抱えていた。こちらの男はいかにも疑り深い様子で二人の話にそわそわと耳を傾けているように見え、柱廊の足元まで伸びる自らの影を横目で不安そうに見やっていた。

何が私の注意を引いたのかはっきりとは言えないが、探す前からないと分かっていた暖房器具を探して部屋を一回りしたあと――あったとしても慎重を期してつけていなかっただろうが――飛ぶようにして窓辺に戻り、まるで空気が足りなくなったかのように、自分の息でガラスが曇るまで鼻と口をぴたりとくっつけた。

ずんぐりした男がその小さな中庭を通って、黒い陶製の大甕がぼんやりと見える廊下のほうに消えていくのがかろうじて見えた。女ともう一人の男は何かを待つような素振りでそこに留まり、男は相手の服の裾の折り返しを観察するように顔を傾け、女のほうは右手にあるどれも灯りの消えた窓を興味なさそうに見やった。やがて男が煙草の箱を取り出し、女に一本差し出した。彼女は感謝の言葉の代わりにわずかに首を振り、今度は建物の窓の数を数えるかのように疑り深い顔を左に向けた。目を凝らしていれば私のシルエットが見えたに違いなく、そこに私がいるのを見て、私が彼らを覗き見し驚いているのを見て驚いたはずだ。そのとき、先ほど去っていった男がまた姿を現わし、二人の注意はそちらに向いた。

その男はルミエールに似ていることが分かった（女といた男はルジャールに似ていたが、女のほうはもちろんマダム・バジェホではなかった）。男は怯えたアヒルみたいにひょこひょこ速足でコンクリートの上を通り抜けた。柱廊からまっすぐやってきたその男は、二人のもとに早く戻りたがっているように見えた。女はその男の肩に優しくそっと手を置き、いっぽうずんぐりした男（ルミエールではなかった）は彼女のほうを見もせず、何か意味の分からない仕草をした。医者が両手で女の手を取り、いっぽうずんぐりした男は帽子を脱いで、二人が慰め合うのを見守りつつ先ほどの仕草を繰り返した。頭を水平に右から左へ、さらに右へ……要するにだめを意味する仕草だった。ずんぐりした男の顔は内側から痙攣していっそう辛辣な表情になり、まるで首を振ることで体の自由が失われていくかのように、その顎髭が鐘の舌みたいに鎖骨あたりに垂れ下がった。女は医者が握っていた手を離し、そのまま目を押さえたが、その手はするすると滑り落ちて、やがて五本の指が蜘蛛のように口を覆った。ずんぐりした男は肩をすくめた。医者は楽観的な態度を装って激しく頷き、女の腰に手を回した。彼女はおとなしく医者に導かれるまま柱廊とは反対方向へと歩き出し、ついには私が観察していたところのすぐ下を通過した（医者の頭のてっぺんはきれいに剝げ上がり、女の髪は滑らかに波打ち、そこに街灯の黄色い光が照り返していた）。ずんぐりした男は少しのあいだ、小さな中庭の真ん中でポケットに両手を突っ込んだまま俯いて立っていたが、やがて医者と女のあとに続いて歩き出した。

そこで何が繰り広げられていたにせよ、それがまだ終わっていないということはすぐに分かった。前方の、柱廊の下の細長い暗がりに煙草の火が見え、壁際に沿って置かれている木製のベンチに座って煙草を吸っている人物がいるのが分かった。それまでもずっとそこにいたのだと思う。三人も知っていた、あるいはその人物が近くにいるのに感づいていたのだ。少なくともずんぐりした男は知っていたはず、目にしていたはずで、おそらく彼がその人物に煙草の火を、へつらうように、おどおどとつけてやり、彼の体に隠れてマッチの火が見えなかったのだ。

私は、その男は自分とは関係ないばかりかどうでもいいつまらないものを見張っているのだと自分に言い聞かせ、そう信じ込もうとした。その後、煙草が夜の闇に放物線を描き、男が姿を現わした。両手をポケットに突っ込み、不眠症で散歩に出てきたようななにげない態度で、明るい空間まで出てきたのだ。

男がこちらを見ていたことを理解するのにさほど手間取りはしなかった。彼は他の連中のあとに続こうとしたかに見えたが、立ち止まって私のいた窓をまっすぐ見つめた。男は私に見られていたことを悟り、私の驚きと、おそらく私の困惑と悲しみも察したと思う。ともかく、男のとった態度には、あまり気乗りのしない無関心以上のものは見て取れなかった。気狂いでも見つめているかのようだ、と私は思った（診療所に入るのを邪魔したあの看護婦の姿と拘束服にくるまれた私自身の姿が、二艘のカヌーのように頭のなかをよぎった）。突然、自分が両手で窓を開けようとあがいているのに気づいた。最初の驚き（本当は開けるつもりなどなかった）が過ぎ去ると、私はその思いつきを受け入れ、指でそのまま窓枠を探り続けた。無駄骨だった。窓には掛け金がなく、落とし窓でもなく、開きもしなかった。男は中庭の真ん中で私を見つめ続けていた。私は拳で窓を叩いた。その音が聞こえたかもしれないが、男はそれと分かる素振りを見せなかった。照明のスイッチを探した。理不尽な衝動に駆られ、灯りをつけ、自分の姿を見せたくなった。私の存在、私の所在、謙虚だが几帳面な観察者がここにいることを、疑いようもなく証明したかった。だが灯りもつかなかった。どうやらすべてが故障している部屋に入ってしまったらしい。ほとんど呻き声を上げながら窓辺に戻ると、男はまだそこにいて窓を見上げていた。まるで私が片時もその場から離れなかったかのように、まるでその部屋も壁もアラゴ診療所も私自身までもが透明な存在で、暗い夜空や星々を探す彼の目を遮るには何の役にも立たないかのように。

私たちはなおもしばらくのあいだ見つめ合っていた。やがて男は徐々に、音も立てずにふたたび歩き始め、私の視界から消え去った。そのとき初めて、私は自分の疲労の度合いを知った。上を見上げた。鉄骨に支えられたガラスの天井が、夜の外界から中庭を隔てていた。私はよろめきもせず、見知らぬ男の何かが乗り移ったかのように、しっかりした足取りでベッドのひとつまで行き、横になると、そのまま深い眠りに落ちた。夜の十二時過ぎに目を覚まし、人目を気にせず部屋を出た。誰にも止められず、誰にも声をかけられなかった。

それからの数日、私の暮らしはいつもの流れに戻ったかに見えた。純粋で単純な絶望感と周期的に訪れる鬱――たぶん宗教的なものだろう、これを私は何か避けがたいものと捉え、いかなるときも自殺など考えたりせず、その痛みを受け入れ、飲み込んでいたから――が交互に現われ、それが、輝かしい日々の、何があろうとも穏やかな日々の規範というものを示してくれた。

もちろんバジェホを忘れることはなかったが、同時に彼の物語における私自身の疎外された状況を理解し、受け入れていた。彼の現実に私の占める場所などないのだ。私たちの世界をつなぎとめていた架け橋であるマダム・レノーは姿を消し、彼女とともに、私と彼が近づきになる可能性も完全に消え失せた。

こうして四月十一日以降、私の活動は、いつ読んでも心安らぐシュウォッブの『架空の伝記』と『少年十字軍』、住んだこともない田舎への郷愁をかきたてるルナールやアラン＝フルニエの本の数ページ、街中をさまよったり、二人の親友を訪ねることくらいのものになった。二人の親友にはここ最近の冒険について聞かせてやろうと密かに意気込んでいたが、どこから話していいか分からず、また物語の結末と思われるあの事態が納得しがたく、結局どちらにも話さずじまいだった。また、この間マダム・レノーに二度電話をかけてみたが、いずれも成果はなかった。ある日、おそらく十四日木曜日の午後だったと思うが、私は執拗にというよりも憂鬱に、あのアラゴ診療所の正面にある前と同じカフェに座って待ち、もしやマダム・バジェホが現われないものかと、大きなガラス窓越しに見るともなしに外を見ていた。

自分でも予感していた災難を目の当たりにし、心に忍び寄り始めていた、自分が覆しようもなく孤独であるという考えが具体化したのは、四月二十日にリヴォリ通りで偶然マダム・レノーと会ったときのことだった。傘を差した、背が高くとても見栄えのよい男性が一緒だった。マダム・レノーは彼を、ムッシュー・ブロックマン、婚約者よ、と紹介した。

私は返す言葉もなく、傘もなく体はずぶ濡れで、その場を去りたかったが、例の看護婦との一件をマダム・レノーに聞かせてやった。それを聞いて彼女は顔をほころばせた。彼女は実に美しく、自分はなんとも不幸だ、と私は思った。マダム・レノーは私に、十七日の日曜日にムッシュー・ブロックマンとリールから戻ってきた、彼が今から思えば大したことのない事故に遭ってしまい、それで自分は慌ててリールに駆けつけたのだ（ブロックマンは微笑み、賛美するように彼女を見つめた）、パリに戻るとその足でマダム・バジェホのもとを訪ねたと言った。マダム・バジェホは私が約束の時間に来なかったと伝えたらしい。

「どうして入るのを邪魔されたのか、さっぱり分からないのです」と私は言う。彼女がブロックマンと何やら話し合い、あなたがたった今話したことはまったくの驚きよ、と言ったあとのことだ。やがてブロックマンがもう時間だと言う。するとマダム・レノーは慌てて微笑みながら、時間に遅れちゃうわと言う。

「いいからお行きなさい」私は腐った社交辞令をなんとか呟く。

私の気持ちに彼女が気づいてくれるかは分からない。ムッシュー・ブロックマンが手を差し出して、いずれきちんとお目にかかりたい、マルセルがあなたのことをとても褒めていましたよ、と言う。突然マダム・レノーが口を開く。

「ひょっとして、あなた何もご存じないのね」

私は首をかしげる。めまいを覚え、知りたいことなら山ほどあると言いそうになる。老マダム・レノーのこと、なぜあなたは電話に出なかったのか、パリの夜を滑る影、未来について。

マダム・レノーの顔はきらきらと輝き、雨がよく似合う。ブロックマンはその隣で幸せそうで、彼女から片時も目を離さない。そのときマダム・レノーが、あなたはバジェホが死んだこと、すでに埋葬されたことを知らないのかと言う。自分もその葬儀に立ち会い、とても悲しんだ、弔辞がいくつか読まれたのだと。

「いいえ」と私は言う。「何も知りませんでした」

「とても悲しかった」とブロックマンが同意する。彼も葬儀に行ったのだ。「アラゴンが弔辞を読んだのですよ」

「アラゴンが?」と私は呟く。

「そうよ」とマダム・レノーが言う。「ムッシュー・バジェホは詩人だったの」

「ちっとも知りませんでした。あなたはそんなことは何も教えてくれなかった」

「実はそうなの」とマダム・レノーがはっきりと言う。「あの人は詩人だった、でもまったくの無名で、それにとても貧しかった」と彼女は付け加える。

「今に有名になりますよ」とムッシュー・ブロックマンが分かったような笑みを浮かべ、時計を見ながら言う。

声によるエピローグ——象の道

ポール・リヴェット

一八五八年アヴィニョン生まれ―一九四〇年パリ没

《ドアを開ける前から、爺さんがどうしているか、部屋のどの隅に座っているか、どんな表情を見せまいとしているか、俺には手に取るように分かった。爺さんの目の前に座り、前置き抜きにそう言ってやった。もちろん爺さんはこっちの言葉がまるで分からないふりをして、気にしないようにしていたが、しまいにぶつぶつ言いながら立ち上がった。顔立ちがたるんじまって、それ以上骨にぶら下がっていられないみたいだった。ためらいに崩れちまった顔。臆病で用心深いせいかもしれない。俺は、大したことじゃないって言ってやった。俺のことを理解しているとか、何だって助けになってやるとか、そんなことはどうだっていいのだと。すると爺さんは落ち着いたように見えた。そのとき俺は思った。エゴイストで臆病者の年寄りめが、とね。その後、大きな黒い波に呑まれてひとりぼっちになってしまったような気がして、爺さんがそこにいてくれたこと、いかなる義務も免れた爺さんが一緒にいてくれたことをありがたく思った。爺さんには二度と会うことはなかった。爺さんはドイツ軍がパリを占領したその日に死んだ。悪臭が階段を伝って降りてきて、近所の住民が我慢できなくなったときに死体は見つかった》。

モアメド・サグレリ

一九一〇年マラケシュ生まれ――一九四五年パリ没

《ヴェネチアン・ブラインドの向こう側にいる彼の顔は、虚空を見つめているとも言える表情で微動だにしない》。

一九三八年から三九年までクリシー門近くのキャバレー〈レ・ザルシェル〉の守衛として働き、続く数年間はさまざまな低賃金労働に従事、それらの仕事を勤勉に、まるでもはやそこにいないかのようなある意味で上の空の態度でこなす。

《今、我々の目の前で簡易ベッドに横たわる彼は左手をベッドから垂らし、顔を毛布で覆い、分娩中の女性みたいに両脚を開いている。椅子の背に彼の新品の服がきれいに折りたたまれて掛かっている。開いた部屋の窓から陽光が燦々と降り注ぐ》。

アルフォンス・ルデュック
シャルル・ルデュック

一九一八年パリ生まれ—一九四〇年パリ没
一九一八年パリ生まれ—一九八〇年バンクーバー没

《ルデュック兄弟、触ると危険なマムシども。気を抜いていると飛びつかれてもう御陀仏》。

水槽災害ジオラマ作者の兄弟は対照的な運命を辿った。アルフォンスは、グデーリアンとクライストの戦車部隊が前線を突破した直後、道路の真ん中で自らのこめかみを銃で撃ちぬいた。実は、奇妙な戦争（ザ・フォウニー・ウォー）が続くあいだ、すなわち一九三九年十月から一九四〇年四月までのあいだ、アルフォンスは何十回となく自殺を仄めかしていた。なぜ実行しなかったか？　おそらく自殺を決断するほど時代が絶望的な状況に至っていなかったからだろう。双子の片割れは説得を試みたが、心の底では自分が何を言おうともアルフォンスの意志は揺るがないことを知っていた。一九四七年、シャルル・ルデュックはブエノスアイレス行きの船に乗り込んだ。彼の地でもパリと同じく、彼の水槽ジオラマはまるで注目されなかった。それ以来、彼の人生は、ときに彼の意向より長びくこともあったがしばしば中断を挟みつつ、北を、磁気を帯びた凍れる穏やかな北をひたすら目指した。最後の数年はバンクーバーで家具と古本を商っていた。

ジュール・ソートロー

一八九五年リヨン生まれ――一九六〇年モンペリエ没

娘ロラの手帳より――《パパはいい人だったけれど頭もよくて、というか、父には何でも好きなことを尋ねてよくて、いつだって話を聞いてくれた、もともと人が知っていることの二倍も三倍も知識がある人で、百科事典的な知識っていうんじゃなく、パパはダランベールのような人じゃなかったから、いいえ、実際、本はそれほど読まなかった、スポーツ雑誌くらいかしら、それなのに、人の好みとか不安に思っていることはずばり言い当てるの、たとえば、わたしと妹たちはまだ若い学生だったころによくカミュの話をしたけれど、パパはその会話にいつも嬉しそうに加わってきては、すごく気の利いたことを言ったり、鋭く批評したり、参考文献まで指摘した、ところが何年もあとになって、パパがカミュの本を一冊も読んだことがなかったと分かって、要するに、パパは人をからかうのが好きだったのね……》。

ジャン・ブロックマン

一九〇八年コルマール生まれ——一九四〇年アラス没

一九三九年、ジャン・ブロックマンは徴兵にしぶしぶ応じた。一九四〇年四月、彼の部隊では軍務放棄のうまいやり方ばかりが語られていた。軍務を放棄した者は皆無で、ほぼ全員が敵に投降した。ブロックマンは別だった。アラス近郊をさまよい、パリに抜けるルートを探したが無駄に終わった。敵と遭遇したときは、自分でも意外なほど執拗に、熱心に戦った。彼は自分が勇敢なこと、とりわけ幸運であることを知った。傷跡ひとつなかったからだ。上級将校も下級将校も死ぬか行方不明になっていた部隊は、黙ってブロックマンを隊長として迎えた。ブロックマンは、思春期に読んだ物語の数々を思い出しつつ、昼間は眠り、夜間に行軍することに決めた。行軍を始めた最初の夜、暗闇をさまよっていた洗足カルメル修道会の修道女十人に出会った。二日目の夜はアラス商工会議所の代表団に。三日目の夜はイギリス軍の偵察隊（実際は三人の疲れ切った男たち）に出会った。彼らは身振り手振りで北へ進むか西へ進むか議論したのち、互いの幸運を祈りつつ友好的に別れた。翌日、ブロックマンと配下の者たちは、塹壕で眠っている間にドイツ軍の偵察部隊に機関銃で蜂の巣にされた。

マルセル・レノー

一九一五年シャトールー生まれ――一九八五年パリ没

マダム・レノーは戦争とブロックマンの死を驚くほど気丈に耐え抜いた。一九四四年には女性向け衣料品を扱うデュプレクス兄弟社に秘書の職を得て、そこで三人目の夫となる社のお抱えデザイナーと知り合い、一九四七年に再婚した。子供はいなかった。そのいっぽうで充実した幸せな生活を送った。一九五五年、夫に三たび先立たれた。再婚することは二度となかったが、折に触れて愛人をもった。デュプレクス兄弟社で定年まで勤め上げ、成功と多くの友を得た。ときおり若いころを思い出しては涙をこぼしたが、それは理解しがたいイメージの連続に困惑した老婦人特有の涙だった。最初の夫の顔、雨、太陽、カルチェ・ラタンのカフェ、ピエール・パン、一行も読んだことのない詩人、女友だちの優しさ、何かの物語のなかにぽっかり開いた空白、その空白は歳月とともに小さく縮んでゆき、次第にその意味も失って、もはや沼地というより砂漠に近いものになった。マダム・レノーは旅行記を読んでいる最中に心臓発作で死んだ。ポルトガル人のお手伝いの女性が三時間後に亡骸を発見した。

モーリス・フェヴァル、
またの名をアロイジウス・プルームール＝ボドゥー

一八九五年アミアン生まれ―一九六四年タラゴナ没

《フランス紳士よ、わたしの女友達はみな崇拝していたわね、エレガントだし、あの訛りでしょう、あのどうしようもない発音があの人の一番の魅力だった、でも本当はこの国にずいぶん前から暮らしていたはずだし、あんなにスペイン語が下手なわけはないから、まあ、きっと少し大げさに喋っていたんでしょう。いいえ、彼は独身でした、フランスで結婚していたのかもしれませんけど、違う気もします。どう見ても独身という人でした。噂では、カタルーニャへは最初、国民戦線に混じって来たそうですけど、よくは分かりません。その後いったんこの国を去り、それから数年後にこの街へ戻ってきたんです。最初はほとんど知り合いがいませんでしたが、カタルーニャとバレンシアの組織の大物と親しくなって、少なくとも友だちのような関係になった。そのうちお偉方とも付き合うようになって。でも、あの人にはいつもどこかよそよそしいところがありました。秘密を抱え込むタイプの人よ、分かるかしら？　あいつは祖国に戻れない奴なんだ、戻れば死刑か懲役刑が待っているとかいう噂もありました。そんな重罪を宣告されるなんて何をしたのかって？　対独協力者だったと主張する人もいれば、子供を一人、いや何人も殺したとか恐ろしいことを言う人もいましたよ、まったく人は勝手なことばかり言いますね、すぐに毒を吐くんだから。でもそのうちにみんな彼を無条件に受け入れたんです。いい人でしたからね。仕事は何をしていたかですって？　フランス語教室を開いていたのよ、おかしいでしょう？　だって、あの人なら何だって商売を立ち上げることができたはずだし、あんな惨めな語学教室よりずっと儲かる仕事ができたでしょうから。あの人、最初に来たときからお金にも人間関係にもあまり困ってはいなかった、絶対そうよ。要するに、そんなに長居はしないだろうと思っていたんでしょうね、真相は誰にも分かりませんけど》。

ギヨーム・テルゼフ

一八九七年パリ生まれ―一九二五年パリ没

《最初に発見したのが僕だったのかは知りませんが、最初に警察に通報したのは僕だってことは確信をもって言えます。朝の六時にもならないまだ薄暗い時間帯で、街灯の光だけが橋を、その、照らし出していました。といっても僕は慣れているんです、毎朝毎晩その橋を渡っていますから気になりません。幽霊は信じないんです。あの日の朝はかなり寒かった。そうですね、いつもより寒いというか、とにかくクソ寒い朝でした。肝心な話に入りましょう。橋を半分ほど渡ったところで妙なものに気づきました。あれなら誰にでも見えたでしょうね、だから自分が第一発見者かは分からないって言ったんです。まあ、そんな時刻は誰だってまだ寝ぼけているものでしょう？　とにかく、それは欄干に結んであるロープで、僕がどうしたかと言うと、身を乗り出してみたんです、すると二メートルほど下に人がぶら下がっているのが見えました。二度、十字を切りました、信者じゃありませんけど。背の高い痩せた若者で、髪は長くてぼさぼさでした。彼が死んでいることはすぐ分かりましたよ。ぴくりともしませんでした。橋の下を吹く風が少し体を揺すっていましたけど、でも、それだけでした》。

ピエール・パン

一八九四年パリ生まれ――一九四九年パリ没

《彼はキャバレー〈古い仲間たちの家〉で手相を見たりタロットカードを読んだりして生計を立てていた。彼とはそこで知り合い、この仕事に関する知識の一部を学んだんだ。残りは一緒に、ムッシュー・パンとわしと二人で、偉大なる魔術師にして夜の帝王チュー・ウェイクー、またの名をダニエル・ラビノヴィッツ、魔術界の誇り、ヨーロッパで最も素早い手を持つ男から学んだ。タロット占い、手相占い、カバラの秘儀、ピラミッドの謎、中国の占星術、赤魔術に黒魔術、テレパシー、輪廻転生、薔薇十字、数秘学、すべてガラスでできたピラミッド、護符、ヴードゥー、生命の樹、とにかく何にでも手をつけ、何にでも客を取っていた。それも、業界にとって打撃となったあの悪魔的な数年間、文字どおり悪魔の数年間の話だよ。ムッシュー・パンはどういうわけでそこで働くようになったか？　占領が始まった直後に戦傷者年金を打ち切られてからじゃないかな。たしか四〇年の九月か十月か十一月に〈古い仲間たちの家〉にやってきたんだ。それはひどい有様で、一か月パンのかけらすら口にしていないような、ガンジーも比べものにならないほど痩せていた。わしはあのころ十五歳で、キャバレーのメッセンジャーボーイをやっていた。親の愛にも未来にも見放された哀れな捨て子。そして、どういうわけかわしら三人は瞬く間に友だちになった。リタ・ヘーレと並ぶ一座の花形チュー・ウェイクー、ムッシュー・パン、そしてこのわし。ああ、リタ・ヘーレ！　彼女はわしの青春時代に見たなかで一番きれいな脚の持ち主だが、とにかく明るい子だった、内面から湧き出る真の明るさだ、心から笑い、他の人たちまで幸せにする子だった。今はもう婆さんだろうね、ずいぶん前に引退しているから。きっと孫からも慕われていることだろう。たしかにリタは一時期チュー・ウェイクーの愛人だったが、わしらがしていたことには全然気づかなかった。チューはリタに危険を冒させたくなかったんだろうね、あるいは彼女を信用していなかったか、今となっては分からん。グループのメンバーはチュー・ウェイクーとムッシュー・パンとわしだけ。他には誰もいない。連絡と支援の小集団だ。つまるところ〈古い仲間たちの家〉でしていたのとほとんど同じ仕事だったね、あちこち出かけて、預かりものを渡すわけだから。ブツをもらうのはチュー・ウェイクーの仕事だった、方法は知らんよ、で、今度は三人でそれを分けるんだ、宛て先、時刻、預かりものの種類と大きさに従ってね。お分かりのように時代が時代だったから、あれはあれで愉快な暮らしだったよ。それも四三年の暮れまでだった。チューが捕まったんだ。理由はレジスタンス活動に関わったからじゃない、それは一度もばれなかった。そうではなくて、どこかの豚野郎が、あの中国人の正体はユダヤ人ダニエル・ラビノヴィッツだと密告しやがったからだ。悪意と悪運が重なった。一九四五年三月、三十四歳になった年に、チューはドイツの強制収容所で死んだ。あのころの夜遊び好きの連中や、パーティーの常連客、業界人の記憶のなかには、きっと彼の得意なステージがいつまでも残っていることだろうね、五十羽の鳩が消えて百羽になってまた現われたとか、さらにもう五十羽が無作為に選んだ四つのテーブルから出てくるとか。十五歳の少年を天使に変え、その後、少年を空に飛ばして消してしまったとか。とにかくそんなわけで、ムッシュー・パンとわしだけが取り残され、反ファシスト闘争という混沌とした世界で何をすべきか、次の一歩をどう踏み出せばいいのか分からず、途方に暮れてしまったんだ。最初はレジスタンスのほうから接触してくるものと思ったが、期待外れで、何の反応もなかった。レジスタンスか何かは知らんが、チュー・ウェイクーに言伝てを託していた連中にとっては、わしらはもはや存在しないも同然だったんだ。というわけで、金をもらえる仕事に打ち込むしかなくなった。ムッシュー・パンは手相占いに精を出した。血で汚れた手、死刑執行人の手、忌まわしい娼婦の手、闇市場のたかりや密売人の手、何でもかまわず見た。わしはメッセンジャーボーイを続けた。そのころにはもう、わしらは互いしか頼れる相手はいなくなっていた。戦争が終わると、わしらはキャバレー〈パナマ〉で働き出した。〈古い仲間たちの家〉は閉鎖され、支配人は対独協力の罪で牢屋送りになった。ムッシュー・パンとわしはチュー・ウェイクーの昔のステージのいくつかを共同でやったりもした。祭の呼びものやボナーニ兄弟のサーカスにも加わった。四七年頃のことだ。いずれにせよ、ムッシュー・パンは、あまりに慌ただしい暮らしのリズムについていけなかった。戦傷者年金を受給し直そうとしてみたが、あの当時は混乱していて、何もかもがまともに機能していなかった。そんなわけで、わしらはパリ郊外のキャバレーやサーカスで一緒に働き続けた。ついにある日、ムッシュー・パンの肺がそれ以上持ちこたえられなくなり、潰れてしまった。彼はキャバレー〈マダム・ドレ〉の支配人の事務室で、わしの腕に抱かれて死んでいった》。

解説　詩と敬意

いしいしんじ

はじめてボラーニョの、ことばに会ったのは、京都・四条河原町に当時あった新刊書店だった。

NHK衛星放送の、やはり、いまはもうなくなってしまった書評番組で推薦するための、あたらしい本を探していた。なにげなく手に取った、その瞬間のことをおぼえている。異様に角張っていて、重い、そう感じた。でも、あらためて見返すと別段そうでもない。この妙な感触が気になって、異物感そのまま、レジへともっていった。家でページをめくりだし、さっきの直感はまちがっていなかった、と感じた。分厚いノートに手書きされた原稿を、そのまま渡され、いまこうして読んでいるみたいだった。

僕は書評番組でなにをいったろうか。まわりのひとたちが口々にいっていたことはくっきりとおぼえているのに。曰く、読みづらかったけれど、おもしろかった。こんな変な小説ははじめて読んだ。これ小説ですか？　この作家はだれそれに影響をうけていますね。そんなことない、と僕はいったろうか。こんなオーソドックスで、直球勝負の書き手はいない。読みづらいとか変とかおもうのは、これがただただ、「手書き」だからだ！

その一冊、『通話』の冒頭に置かれた「センシニ」を、旧訳でも改訳版でも、くりかえし、何度となく読んでいる。老作家と語り手との胸が熱くなる交歓。詩と小説にまつわる「手書き」のことばたちは、物理的時間、距離を、軽々とこえていく。それだけでない。ふたりが送りあった手紙の文面、家族に手紙を読みきかせている老作家の声、その妻、娘の笑い。これら、小説の上にあらわれていない幾多の声が、小説のことばが目の前を流れているあいだじゅう、まちがいなく、ページの向こうでうずまき、こちらへ、こちらへと、いまにもあふれ出さんばかりに沸騰している。

長編『野生の探偵たち』は、その「うずまき」「あふれ出し」「沸騰」する、秘められた声の饗宴だった。本来はきこえない、きこえてはいけないはずのつぶやき、笑い、叫びが、秩序と無秩序の境で横溢している。ページを繰りながら僕は、「はらわたリアリズム」に加わって車を乗り回し、誰もきいたことのない外国語で叫びながら国境をこえ、書店を急襲し、詩人の寝込みを襲い、闇の文字で記された暗号を通りじゅうにばらまいていった。

読んでいるのか眠っているのか、次第にわからなくなっていったが、このふたつはじつは同じことなのだと、ボラーニョは最初から、秘密の指で指し示していた。おおぜいのひとが、その年最高の翻訳小説として取りあげていた。むろん僕もそうした。ボラーニョの本を探し、発見することばかり書いているが、ボラーニョ本人の作品が、もともと、どれもそうだ。本を探し、求め、つかまえること、について書かれている。

詩を探し、物語を求め、ことばをつかまえること。

それらすべてに、指先をかすめ逃げられること。

『ムッシュー・パン』は、しゃっくりで死にかけた男の命を救ってほしい、と依頼された、催眠術師ピエール・パンの物語。作中でのちに判明するが、しゃっくりで死にかけているこの男ムッシュー・バジェホは、じつは詩人だ。日本ではほとんど知られていないけれど、スペイン語圏の読み手なら、バジェホ、という名前が出た時点でピンとくるくらい、今日では評価が定まった、ラテンアメリカを代表する実在の詩人である。

年の離れた女友達から依頼を受けたパンは、診療所にいってもバジェホに会うことができない。それどころか、スペイン人らしい謎の二人組から、バジェホに手を出さないよう暗に脅され、そのかわりにと、二千フランを渡される。

女友達を思って街路をうろつき、師匠格の占星術師に電話をかけ、そうして、夜の酒場に沈みこんでいき、ずぶずぶに溺れる。パンはあらゆるものから、あらかじめ、遠ざけられているようにみえる。ボラーニョの小説の登場人物がいつもそうであるとおり、たえず「何かしっくりこないもの」に囲まれ、目が覚めると「啞になった気がする」。「希望はあります」と話しかけたって、誰ひとり、耳をかたむけてくれない。ふとふり向けば、つばの広い大きな帽子で顔のみえない、二人の男につけられている。

パンの彷徨は、むきだしだ。ごまかしを許されず、切実さを背負い込んで、パリの市街をさまよいつづける。

パンを含め、バジェホも、女友達、占星術師らも、やはりボラーニョの他作品の登場人物たちと同じように、小説世界をただ生きているだけでない。彼ら彼女らは、ずっと「死につつある」。だからこそ、ほんとうの生、まじりっけなし、ごまかしなしの生を生きている。生きていかざるを得ない。ボラーニョ自身、きっとおもっていただろう。生まれてから俺はまちがいなく、刻一刻、死につつあると。

だからこそ、作家、詩人、小説家として、みずからの描きだす人間にも、誠実に、そのような運命をかぶせた。ムッシュー・パンは自分の鋳型にはめこまれたような生を血のにじむ思いで生きる。

そして、ときに破る。生命が氾濫し、目にみえるはずのない光、きこえないはずの声があふれかえる。パンの手は一瞬、詩を、ことばをつかむ。

この患者は治るという確信があり、私はその希望の真っただ中で、突飛ではあるが、あの部屋で私をそれぞれ異なる角度から見つめていた二人の女性とだけでなく、あそこで何が起きていたか知りもしないパリの住民の大半と気持ちがひとつになったような気がした。

（本書より）

そうして、ボラーニョも若かりし時、パンより一足先に詩人セサル・バジェホのことばに会っていた。その詩に出会い、目にみえるはずのない光、きこえないはずの声を、汲み干すことのない滋養として拝受した。『ムッシュー・パン』という小説は、だから、バジェホへの魂の返礼だ。謎の死を遂げたこのペルーの詩人を、何度でも蘇らせようという、ボラーニョの秘儀なのである。

次の詩句は、若い女友達を思う、ムッシュー・パンのつぶやきにしかきこえない。

夜から朝まで俺はちょっとずつ

音の一番聞こえないXを舌で出す
二になるまで見つめる術を知っていた
あの純な女の名において

俺が彼女にとって変な奴だったという名において
互いにとても異なる鍵と鍵穴

（「トリルセ」七六より）

また、次の詩文は、あらゆるボラーニョ作品の、また、ボラーニョ自身の生の、通奏低音として、えんえん響きつづけているようにおもう。

貴様らは死んでいる。
なんて無様な死に方だ。違うと言う者もいよう。だが実は死んでいる。
貴様らは薄膜の向こう側を無のごとくに漂う。天頂から天底へ振り子状に、黄昏から黄昏へと行き来し、貴様らには痛くもかゆくもない共鳴箱の前で震える薄幕の向こう側を行く。改めて断っておくが生とは鏡の中にあり貴様らはその元の姿すなわち死なのだ。

（「トリルセ」七五より）

バジェホ自身によるこの声が、最後まで鳴りつづけているとして、この作品『ムッシュー・パン』はいつも、かすかにでも明るい。『2666』『野生の探偵たち』といった長編小説はもちろん、他の作品集におさめられた短編にくらべても、格段に読みやすい。最後に置かれた「声によるエピローグ——象の道」は、先達の作家たちから多くのギフトを受け取ったボラーニョが、あたらしい読者のために、腕によりをかけて書きあげた贈り物にほかならない。読み進めるうち、僕の目のなかに、登場人物たちの生命があふれてくる。僕のからだは、小説の、ことばの光に包まれる。ボラーニョは読者に、惜しげもなく、それまで内にため込んだ、ほんとうの詩を手渡してくれる。

「作者による覚書」にあるとおり、ボラーニョはまちがいなく、この中編小説をこよなく愛し、誇りにおもっていた。さきほど触れた短編「センシニ」のなかで、スペインの文学賞に応募して入賞し、老作家と知り合うきっかけとなるのがこの『ムッシュー・パン』だ。「センシニ」を読んでいたときは、まさかその作品を日本語で読める日がくるとは想像していなかった。

書くこと、書かれること。本来は、けして混じり合わない、遠くはなれ合った生と生が、命をかけた空中ぶらんこの軌跡を描き、ほんの一瞬、触れ合うこと。その奇跡を信じている、あるいは、信じたいがために、僕たちは詩を、ことばを、ロベルト・ボラーニョを読む。読みつづける。

訳者あとがき

ボラーニョの初期小説は刊行順に、一九八四年のA・G・ポルタとの共著『モリソンの弟子からジョイス狂への忠告』、少し飛んで九三年に『スケートリンク』、翌九四年に『象の道』、九六年には『アメリカ大陸のナチ文学』と『はるかな星』の二冊、九七年に『通話』と続く。ボラーニョの没後、一九八〇年代後半に執筆されていた未刊の長篇『第三帝国』の存在も明らかになった。彼が単なる無名の詩人から次世代のラテンアメリカ文学を代表する小説家と目されるようになったのは一九九八年の『野生の探偵たち』刊行とそれに続く各国語への翻訳を介してだとすれば、八〇年代から九〇年代初頭は彼の修業時代と位置付けられる。

本書『ムッシュー・パン』（*Monsieur Pain*）は、その修業時代に書いた『象の道』（*La senda de los elefantes*）をボラーニョ自身がすでに名声を得たあとの一九九九年に改稿、改題して刊行した作品である。本書冒頭の「作者による覚書」によると、オリジナルの『象の道』の執筆時期は一九八一年か八二年らしく、いわば最も初期の創作を手直しして世に問うたということになろう。

ボラーニョが自作をベースに新たな作品を創り上げた例としては、『アメリカ大陸のナチ文学』の一部を発展させた『はるかな星』、『野生の探偵たち』第二部の一モノローグを独立させた『護符』（*Amuleto*）があるが、本書はあくまで語句レベルでの改稿に留まるもので、細部を除けばオリジナルの作品像がほぼ再現されていると考えてよい。オリジナルの『象の道』が複数の文学賞に応募された経緯については『通話』冒頭の忘れがたい短篇「センシニ」に詳しいが、おそらくボラーニョは無名時代に苦難を共にしたともいえるこの初期作品にその後も特別な愛着を抱いていたものと思われる。

『ムッシュー・パン』はのちの作品に比べるとやや無骨で、若書きの印象も否めない。ボラーニョ自身、一九九九年のロムロ・ガジェゴス賞受賞時に書いた「自画像」と題する短いコラムで、「三つ目の中篇小説『ムッシュー・パン』は筋が不可解なので言及しない」と皮肉っぽく述べているほどである。とはいえ、改めて読み直してみると、本書にはのちのボラーニョ文学のエッセンスがすでにさまざまな形で散りばめられていることに気づく。いやむしろ、自身の文学の一種の原型が荒々しく脈打っているからこそ、ボラーニョ自身も本書を若気の至りと切り捨ててしまうことができなかったのだろう。

まずは、一九三八年四月のパリを舞台に、メスメリスムを信奉する四十代のフランス人ピエール・パンが、ある重病患者の治療にあたろうとするうち、背後に何やら怪しげな陰謀を予見するというその筋立て。十九世紀初頭に動物磁気という理念を提唱したドイツの医師フランツ・メスマーは催眠術をある種の実践医療として世に広めたことで知られ、本書冒頭にも引用されているエドガー・アラン・ポー等、ロマン派以降の各国語文学にもいろいろな形で痕跡を残している。ボラーニョはオカルト等の疑似科学に傾倒する人々が、不可解なこの世界を独自の記号体系で読み解こうとするその意志において、詩人等の文学者に共通する資質の持ち主であると考えていたようだ。そして、そうした幻視を得意とする人々が現実に生じた亀裂の向こう側に邪悪なものを見てしまうという展開も、のちの多くの作品で変奏されていくことになる。

病室に眠る謎の南米人以外にも、本書には死や病の気配が非常に濃厚である。第一次世界大戦に従軍した主人公ピエール・パンは毒ガス兵器で肺をやられた傷痍軍人であるし、彼のアパートの隣人マダム・グルネルもきっと夫を戦争で亡くした未亡人であろう。マダム・レノーの最初の夫や、エピローグで明かされる第二の夫の運命、死体だらけの災害ジオラマをつくる風変わりな双子、謎の自殺を遂げた若き科学者テルゼフ等、そこかしこに、適切な意味付けをなされないまま宙ぶらりんで放置された「不条理な死」が顔を覗かせている。

他にも、迷宮のようなパリの路地をさまよう描写、隣国スペインでの内戦やナチズムの伸長を直観させる不吉な災厄の香り、夢や映画などの語りを自在に挟み込んでいくスタイル、奇矯な登場人物たちとの軽やかな会話、エピローグにあるような登場人物のその後の人生をインタビュー形式で他人に語らせる方法等、のちに開花するボラーニョ文学のさまざまな特徴の片鱗が随所に垣間見える。ところどころにボラーニョらしいお遊びもあって、たとえば謎のスペイン人の一人の名前はどうやらホセ・マリア・エレディア、彼はプルームール＝ボドゥーが言うようにキューバ出身のフランス語詩人ジョゼ・マリア・ド・エレディアの甥の子……なのであろうが、実は、キューバにはもうひとりホセ・マリア・エレディアという詩人がいて、こちらはキューバに留まったスペイン語詩人である。よく似たこの二人のエレディアをウィキペディアで検索すると、ご丁寧にも「もう一人のエレディアと混同するな」と注意書きがある。多少文学に明るいスペイン語圏の人なら思わずニヤリとする名前がつけられているのだ。

戦争に翻弄されたパンの生き様、憎めないお人好しぶりは、『通話』の短篇「アンリ・シモン・

ルプランス」のアンリをどこか彷彿とさせる。他にも、本書の細部にはボラーニョの別の作品へリンクする手掛かりがいくつか潜んでいるので、特に本コレクションを継続して読んでこられた読者の皆さんは本書を新たな扉にして、『野生の探偵たち』や『２６６６』を再読していただきたい。

なお、オリジナルの題『象の道』は本書でもエピローグの副題として残されている。ボラーニョはこの題の由来をはっきりとは明かしていないが、一九五四年のハリウッド映画『巨象の道』（*Elephant Walk*）のスペイン語の題と同じだという指摘もある。映画好きだったボラーニョは主演のエリザベス・テイラーにもあるインタビューで言及しているし、また本書の作中映画『現代性』のクライマックスにおける火災の場面は『巨象の道』と共通するという指摘もある。これまたご関心のある方には映画と比べていただければと思う。

ところで、主人公のピエール・パンはどうやら実在の人物らしい。正確に言えば、本書に登場するムッシュー・バジェホ、すなわちペルーの詩人セサル・バジェホの末期に関して夫人のジョルジェットが記した回想録にその名が出てくる。バジェホはスペイン語の前衛詩を代表する詩人で、今なおラテンアメリカをはじめスペイン語圏全域に多くのファンがいる。その詩は晦渋であるが、とりわけ後期の代表作『人の詩』に含まれたいくつかの詩は、死や病をテーマとしつつも奇妙な魅力をもち、読む者を惹きつけてやまない。祖国チリの偉大なノーベル賞詩人パブロ・ネルーダには愛憎半ばする感情を抱いていたボラーニョにとっても、隣国出身のバジェホは親しみやすい詩人であったようだ。渡欧後に無名のまま死んでいったというその境遇に自らの半生を重ね合わせやすかったのかもしれない。さて、そのバジェホは一九二〇年代からマルクス主義に傾倒し、三六年にスペインで内戦が勃発してからは共和国側を擁護すべくさまざまな活動に奔走していたが、三八年に入って突然病に倒れてしまった。十年以上前に患っていた腸膜炎を悪化させたものと推測されている。入院先のアラゴ診療所は得体の知れない貧しい南米人に冷たかった。診療所側の無策に業を煮やしたジョルジェット夫人は、四月八日、悩んだ末に、友人の女性に紹介された「磁気治療師」を呼び寄せた。そのピエール・パンはバジェホの頭の上四十センチのところに二時間手をかざしていたが、おかげでバジェホの調子はかなり良くなったという。パンには翌日も治療に来てもらうはずだった。しかし、診療所の入口で制止され、治療は行なわれなかった。その後、夫人は二度とパンに会えず、バジェホは一週間後の四月十五日に亡くなった。

ジョルジェット夫人は、診療所がまるで夫の死を望んでいるかのようだったと述べている。さらに、本書の最後でレノー夫人の再婚相手ジャン・ブロックマンが予言したように、バジェホはその死後に名声を得るわけだが、皮肉にも、未亡人ジョルジェットは、その後の人生のすべてを費やして亡き夫のアカデミズムにおける神格化に抗い続けることになる。特に、一九六〇年代にアルゼンチンで開催された学術シンポジウムで、バジェホのパリにおけるペルー人の元仲間が、ジョルジェット夫人が「いかがわしい占星術師たちを病院に大勢呼び寄せた」などと証言したことが彼女としては相当に腹立たしかったようで、回想録はこうしたバジェホの文学関係者に対する恨みに満ちた辛辣な内容になっている。ボラーニョはそんな夫人の回想録をどこかで読み、そのたった一ページに記されていた謎の人物を切り口に本書の物語を創り上げたというわけだ。

思えばボラーニョも十年来の病で五十歳にして亡くなっている（バジェホは四十六歳で死去）。チリの軍事クーデター、スペイン内戦という、右派と左派が血みどろの戦いを繰り広げた事件に巻き込まれた経緯も共通するし、死後に神格化された点も似ていなくもない。未亡人と周囲の関係者との軋轢という話もボラーニョ関係の噂話でたまに聞こえてきたりする。なにより、両者とも容易には理解しがたい詩を数多く書いている。もちろん単なる偶然の一致であろうが、徹底的にブッキッシュな人生を送り、チリやラテンアメリカのスペイン語詩人たちに深い敬意を抱いていたボラーニョらしい没後譚（エピローグ）といえようか。

本書は訳者が最初に出会ったボラーニョ作品である。その出会いを媒介してくれたのは他ならぬバジェホという詩人であった。そして、実はこのあとがきを書いている二〇一六年に『セサル・バジェホ全詩集』（現代企画室）を刊行することができた。その直後に本書を訳す機会に恵まれ、なにやら深い因縁を感じるとともに、本書への愛着がいっそう深いものになった。白水社による本コレクションのおかげで、初期作品を含めたボラーニョ文学の全体像を、日本の読者も自由に語れるようになりつつある。今後、ボラーニョが読んでいた詩人等への理解も進み、詩などのマイナージャンルを含むラテンアメリカ文学のより広範な実態が知られるようになれば、そのとき一番喜んでいるのはきっとあの世のボラーニョ自身であろう。

最後になるが、白水社編集部の金子ちひろさんには訳文の細かなチェックに至るまで今回もお世話になった。なお冒頭のポーの引用については、ボラーニョ自身がスペイン語訳を用いていたことから、既存の邦訳を参照しつつも、そのスペイン語版を元に訳している。また九三ページの「テンプルトン博士」とは、同じくポーの短篇「鋸山奇談」に登場する人物名である。

二〇一六年十一月

松本健二

訳者略歴
一九六八年生　大阪大学言語文化研究科准教授
ラテンアメリカ文学研究
訳書にR・ボラーニョ『通話』『売女の人殺し』、A・サンブラ『盆栽／木々の私生活』、E・ハルフォン『ポーランドのボクサー』（以上、白水社）など

〈ボラーニョ・コレクション〉
ムッシュー・パン

二〇一七年一月　五日　印刷
二〇一七年一月二五日　発行

著　者　ロベルト・ボラーニョ
訳　者　©松本健二（まつもとけんじ）
発行者　及　川　直　志
印刷所　株式会社　三　陽　社
発行所　株式会社　白　水　社

東京都千代田区神田小川町三の二四
電話　営業部〇三（三二九一）七八一一
　　　編集部〇三（三二九一）七八二一
振替　〇〇一九〇-五-三三二二八
　　　郵便番号　一〇一-〇〇五二
http://www.hakusuisha.co.jp
乱丁・落丁本は、送料小社負担にてお取り替えいたします。

誠製本株式会社

ISBN978-4-560-09268-2

Printed in Japan